KB123908

평행세계 속의 먼치킨 13 완결

2024년 2월 8일 초판 1쇄 인쇄
2024년 2월 15일 초판 1쇄 발행

지은이 운천룡
발행인 김관영

기획 이기헌 왕소현 임동관 박경무 강민구 조익현
책임편집 주현진
마케팅지원 이원선

발행처 (주)로크미디어
출판등록 2003년 3월 24일
주소 서울시 마포구 마포대로 45 일진빌딩 6층
Tel (02)3273-5135 **Fax** (02)3273-5134
홈페이지 rokmedia.com **E-mail** rokmedia@empas.com

값 9,000원

ISBN 979-11-408-1903-4 (13권)
ISBN 979-11-408-0705-5 04810 (세트)

평행세계

먼치 속의

킹

운천룡 퓨전 판타지 장편소설 **13**

완결

CONTENTS

　스필반이 입가에 미소를 지으며 양손을 교차했다가 펼치며 외쳤다.

　"종족 진화!"

　쿠오오오오오ー!

　"칠 단!"

　스필반의 외침에 무라트족 전체가 술렁이기 시작했다.

　"치, 칠 단?"

　"조, 족장님은 육 단이 최고 아니었어?"

　"칠 단은 몸에 엄청나게 무리가 갈 텐데?"

　"정말로 칠 단 진화에 성공한다면 혹시 몰라. 홍익인간족의 왕을 족장님 선에서 해결할 수도 있어."

웅성웅성-!

다들 걱정 반, 기대 반의 표정으로 스필반의 진화를 지켜보았다.

조금씩 모습이 변해 감과 동시에 스필반의 주변으로 엄청난 기의 폭풍이 일어났고, 이내 행성 전체가 지진이 난 것처럼 떨리기 시작했다.

"마, 맙소사! 행성 전체가 떨리고 있어!"

"자이온이 떨릴 정도라니! 족장의 강함이 이 정도였나?"

잠시 후, 진화 과정을 전부 마친 스필반은 거대한 사자의 모습을 한 인간 형태를 하고 있었다.

주체할 수 없이 넘쳐 나는 기운들이 그의 몸 주변에 오로라처럼 넘실거리고 있었다.

"사자?"

스필반의 최종 진화를 본 영웅의 첫 감상평이었다.

"멋지네, 은빛 갈기를 가진 사자."

"크크! 고맙군. 자, 이제 그 여리여리한 주먹으로 나를 쳐 봐라."

"좋아! 나도 한 가지 약속을 할게. 버티면 네가 원하는 소원 한 가지를 들어주지."

"크크크, 홍익인간족이 우리 밑으로 들어오라고 해도 말이냐?"

"응!"

영웅이 힘차게 대답했고, 풍백과 운사는 그런 영웅의 말에 고개를 끄덕이며 무한한 신뢰를 보냈다.

그 모습에 스필반은 살짝 찝찝한 기분이 들었다.

'뭐지? 저놈들은 홍익인간족 놈들의 재상들이 아닌가. 누구보다 우리 밑에 있기 싫어하는 놈들이 저렇게 순순히 응한 다고? 뭔가 있다!'

뭔가 계속 찝찝한 기분이 들었지만 이제 물러나기에는 늦었다.

종족 진화까지 마친 마당에 여기서 물러서면 그것이 더 치욕스러울 것 같았다.

스필반은 마음을 굳게 먹고 심호흡을 한 다음 영웅에게 말했다.

"좋다! 와라! 흐읍!"

스필반은 찝찝한 마음을 떨쳐 내기 위해 더더욱 요란하게 기운을 끌어모아 자신의 육체를 강화했다.

그런 그에게 영웅은 천천히 팔을 흔들며 걸어갔다. 이내 영웅의 주먹이 스필반의 복부에 정확하게 꽂혔다.

쩌억-!

엄청난 소리와 함께 영웅의 주먹에 맞은 스필반의 몸이 잠시 허공에 붕 떠오르더니 이내 다시 원래 자리로 내려왔다.

영웅의 주먹을 맞은 스필반의 표정은 변함이 없었고 그의 자세 또한 변함이 없었다.

그들의 족장이 영웅의 주먹을 버텼다고 생각한 무라트족 전체는 일제히 환호를 질렀다.

"이야아아아아! 족장님이 홍익인간족 왕의 주먹을 버텨 냈다!"

"역시! 우리는 우주 최강의 종족이다, 이 말이야! 하하하!"

"이거 괜히 쫄았잖아? 홍익인간족의 왕도 별거 없네! 하하하!"

"나도 한번 덤벼 봐? 잘하면 이길 수도 있을 것 같은데!"

다들 신이 나서 떠들어 대기 시작했다.

하지만 그런 분위기에서 심각한 표정으로 웃지 않는 자가 둘 있었다.

바로 무라트족의 왕의 분신과 총사령관 안단테였다.

안단테는 조심히 스필반을 향해 걸어갔고 그의 몸을 건드렸다.

그러자 스필반의 몸이 천천히 기울더니 이내 바닥으로 꼬꾸라졌고 그의 종족 진화도 풀렸다.

쿵-!

푸스스스-!

그 광경에 신나서 떠들던 무라트족 무리는 순식간에 얼음이 된 상태로 입을 다물었다.

스필반은 영웅의 주먹을 버틴 것이 아니었다.

선 채로 기절한 것이었다.

"뭐야, 엄청나게 잘 버틸 것처럼 말하더니 한 방에 기절해 버리네."

그리 말하며 조금 전에 영웅을 우습게 보며 말하던 무라트족 무리를 바라보았다.

"덤벼, 해볼 만한 것 같다며?"

영웅이 손가락을 까닥거리며 오라고 손짓하자, 조금 전까지 웃고 떠들던 무라트족은 일제히 뒷걸음질을 치기 시작했다.

그런 무라트족을 바라보며 영웅이 중얼거렸다.

"이런 것들이 무슨 우주 최상의 종족이라고."

그러고는 자신을 경악한 얼굴로 바라보는 왕의 분신에게 물었다.

"네가 애들의 왕이냐? 겁나 강하다고 입에 침을 발라 가며 말하던데. 자, 시작할까?"

영웅의 말에 분신은 아무런 말 없이 그저 영웅을 바라만 보았다.

그런 분신을 향해 영웅이 천천히 걸어가며 말했다.

"왜 말이 없어? 나랑 한판 하기 위해 온 거 아냐? 그나저나 애는 뭘 이렇게 얼굴에 뭘 이렇게 덕지덕지 발라 놨어? 알아보지도 못하게."

계속 말을 하며 천천히 걸어오는 영웅에게 분신이 웃으며 말했다.

"후후, 그는 여기에 없다."

"뭐?"

"네가 찾는 무라트족의 왕은 이곳에 없다고."

"이건 또 뭔 소리지?"

"나는 그의 분신일 뿐이다."

분신이 자신의 정체를 밝히자 영웅이 황당한 표정으로 안단테를 바라보았다.

"야, 이건 또 뭔 개소리냐?"

분신의 말에 당황한 것은 안단테 역시 마찬가지였다.

"네? 누구시라고요?"

안단테가 황당한 표정으로 분신을 바라보았다.

분신은 영웅과 안단테의 반응에 어깨를 으쓱하더니 다시 말했다.

"나는 너희의 왕이 남긴 분신이라고. 나름 강하기는 한데…… 저기 저 괴물한테는 안 될 것 같아. 분신이라고 해도 고통은 느끼거든. 그래서 나는 이만 사라지려고."

"야야! 가긴 어딜 가!"

"너한테 맞으면 많이 아플 것 같아. 그냥 이대로 소멸하는 게 더 나을 것 같아. 그럼 안녕."

"어? 어? 야!"

푸쉬쉬—!

안녕이라는 인사와 함께 하얀 연기로 변하며 조금의 망설

임도 없이 사라지는 분신이었다.

"이게 도망을 가려고? 어림도 없지. 리스토어!"

연기로 변해 가는 분신을 향해 리스토어를 사용한 영웅이었다.

통하면 좋고 안 통하면 어쩔 수 없다고 생각하고 사용했는데, 통했다.

"어? 뭐, 뭐야! 왜 몸이 다시 원래대로 돌아가는 거야?"

갑자기 자신의 몸이 원상태로 돌아가자 분신은 정말로 당황한 표정을 지으며 놀랐다.

거기에 전보다 더 생생하게 느껴지는 감각이 그를 더욱더 경악하게 만들고 있었다.

"가, 감각이 더 생생해지고 있어? 뭐, 뭐야?"

"뭐긴 뭐야, 창조의 힘이지! 크큭! 고마워해라. 너는 이제 더 이상 분신이 아니니까."

"뭐?"

"내가 홍익인간족의 왕이 되면서 꽤 많은 능력을 얻었거든. 그중의 하나가 바로 창조의 힘이지. 내가 분신인 너에게 새로운 생명을 불어 넣었다는 말이야."

"아, 안 그래도 되는데……."

"기뻐하긴. 자, 그럼 이제 대가를 받아 볼까?"

"무, 무슨 대가?"

"나랑 붙기로 했으니 붙어야지. 안 그래?"

"저, 저기 나는 분신이라니까? 진짜가 아니라고!"

"그럼 본체 어디 갔어. 말해."

"보, 본체? 그, 그게."

어느새 다시 완전한 몸으로 돌아온 분신은 본체가 어디에 있냐는 영웅의 말에 눈을 돌리며 대답을 회피했다.

그 모습에 영웅이 손뼉을 치면서 말했다.

"아! 이것 참. 나도 이렇게 예의가 없어요. 나에 대해 잘 알지도 못하는 사람에게 이러고 있으니. 나에 대해 먼저 알려 주고 대화를 하는 것이 예의인데. 그렇지?"

"하하……. 아, 아니 굳이 아, 안 그래도……."

후웅-!

퍼억-!

"커헉!"

영웅이 다짜고짜 분신의 복부에 주먹을 꽂아 넣었다.

생생하게 느껴지는 고통에 분신의 두 눈은 찢어질 정도로 커진 상태였다.

"나는 이런 사람이야."

영웅의 말에 분신은 대답하지 못했다.

복부에서 올라온 충격에 숨조차 제대로 쉬지 못하고 있기 때문이었다.

"말이 없는 것을 보니 아직 소개가 부족했네."

영웅의 말에 분신이 숨이 안 쉬어지는 상황에서도 혼신의 힘을 다해 고개를 저었다.

하지만 분신이 영웅에게 전하려 했던 뜻은 결국 전달되지 않은 듯했다.

쩌억-!

"케헥!"

얼굴이 박살 나는 것 같은 충격과 함께 숨이 트였고 그와 동시에 고통스러운 비명을 내지르며 바닥에 처박히는 분신이었다.

분신은 기본적으로 오감을 느낀다.

진짜처럼 생생하게 느끼진 않지만, 미약하게나마 그것을 느끼게 만든다. 그래야만 진짜와 같이 행동할 테니까.

그런 것을 느끼지 못한다면 분신이라는 사실이 금방 들통 날 것이다.

그렇다고 이렇게 극심한 고통을 느껴 본 적이 있던 것은 아니었다.

아니, 이런 고통을 느끼기 전에 분신은 자신의 의지로 소멸을 택할 수 있었다.

그런데 아무리 소멸하기 위해 노력해 봐도 이루어지지 않았다.

오히려 고통이 점점 더 생생해지고 있었다.

거기에 자신은 왕의 분신이었다.

저기 기절해 있는 족장보다 강한 힘을 가진 분신.

그런데도 영웅의 주먹 한 방을 견디지 못했다.

'괴물……! 강하다. 본체가 온다 해도…….'

분신은 극한의 고통 속에서 떠오른 이 생각에 소름이 돋는 것까지 느꼈다. 그리고 그 생각은 곧바로 이어지는 고통에 산산이 흩어졌다.

무라트족 왕의 분신은 그렇게 영웅에게 자기소개를 빙자한 구타를 쉬지 않고 맞았다.

한편, 그곳에 있는 무라트족은 지금 이 상황이 무슨 상황인지 갈피가 잡히질 않았다.

족장이 홍익인간족의 왕에게 한 방에 제압당하질 않나. 왕, 아니 왕의 껍데기를 쓴 분신이 있다는 것도 놀라웠다.

또한 지금 그 분신 역시 영웅에게 잡혀 인정사정없이 처맞고 있었다.

안단테는 믿기지 않는 표정으로 지금 이 비현실적인 장면을 바라보고 있었다.

그런 안단테 옆으로 부관이 넋이 나간 얼굴로 힘없이 다가와 말을 걸었다.

"사령관님……. 이게 지금 무슨 상황입니까? 저희가 지금 꿈을 꾸는 겁니까?"

"나, 나도 잘 모르겠다. 지금 이게 무슨 상황인지……."

"우리가 알던 데이터와 너무도 다릅니다. 지금까지 오랜 시간을 연구한 홍익인간족 왕의 강함은 저 정도가 아니었습니다."

"빌어먹을, 그 연구가 잘못된 것이겠지. 어쩌면 우리는 우리의 천적을 집안으로 끌어들인 꼴이 된 것인지도 모르겠어."

"그보다 저기 저분이 왕이 아니라 분신이라니……. 어찌합니까? 우리의 왕은 멀리 있고 적은 가까이 있는데."

부관의 말에 안단테는 말이 없어졌다.

안단테 자신도 지금 이 상황이 당황스럽고 골치가 아팠던 것이다.

아니 도대체 족장은 무슨 생각으로 분신을 데리고 이곳으로 온 것이며, 왜 왕도 없는데 적을 집 안마당으로 데리고 오라고 했단 말인가.

'젠장, 오늘이 내 인생의 마지막이 되겠군.'

안단테는 부관을 바라보며 조용히 말했다.

"아무래도 우리가 해야 할 것 같다. 모두 준비시켜라."

결연한 표정으로 말하는 안단테를 보며 부관은 고개를 끄덕였다.

같이 보낸 세월이 수백 년이었다.

지금 안단테는 목숨을 걸고 홍익인간족 왕을 막자고 말하는 것이었다.

"우리의 고향을 지키기 위해선 이 방법밖에 없어. 저자를 여기에 묶어 둔다."

"알겠습니다."

부관 역시 결연한 표정으로 고개를 끄덕이고는 재빨리 그곳을 빠져나갔다.

그렇게 뒤에서 무라트족이 목숨을 걸고 영웅을 막겠다고 다짐하고 있을 그 무렵. 영웅에게 맞고 있던 왕의 분신이 결국 항복 선언을 했다.

"내, 내가 졌다! 졌어! 그만! 제, 제발! 마, 말할게! 말한다고!"

말을 하겠다고 입을 여는 그 순간 거짓말처럼 영웅의 주먹이 멈췄다.

"이제야 내 소개가 조금 되었구나?"

영웅의 말에 분신은 대꾸 없이 온몸에서 느껴지는 욱신거림에 인상을 찡그렸다.

"어? 인상 찡그려? 아직 소개가 덜 되었나?"

"아, 아냐! 아냐! 아, 아파서 찡그린 거야! 지, 진짜로! 와, 완전히 아, 알았어! 그, 그만 소개해도 돼!"

"그래? 그럼 말해. 본신은 어디에 있냐?"

"지구라는 행성이라고 들었다. 310차원에 있는 지구."

"뭐?"

"310차원 우주에 있는 지구라고? 거기에 갔다고?"

분신의 말에 영웅이 안단테를 바라보며 물었다.

"얘가 지금 무슨 소리를 하는 거냐? 이해하기 쉽게 번역 좀 해 줄래?"

안단테는 분신의 말을 듣고 눈이 동그랗게 커졌다.

자신들의 진짜 왕이 어디에 있는지 확인한 것이다.

한마디로 희망이 생긴 것.

"마, 말해 주면 와, 왕을 모시고 올 때까지 기다려 주시겠소?"

"아니."

"그, 그런……."

"언제 기다리고 있냐? 내가 거기로 가야지. 그러니까 빨리 말해. 나 바빠."

"저, 정말로 왕께서 계신 곳으로 가시겠단 말이오?"

"자꾸 두 번 말하게 할래?"

영웅의 표정이 차갑게 변하자 안단테가 황급하게 손을 내저으며 말했다.

"마, 말하겠소."

안단테는 310차원 우주에 있는 지구의 위치를 말해 주었다. 그 위치를 들은 영웅의 표정은 점점 굳어졌다.

"지금…… 어디라고?"

안단테는 도대체 왜 영웅이 이렇게 심각한 표정을 짓는지 이해하지 못했다.

수많은 행성 중의 하나일 뿐인데 말이다.

그래도 묻는 말에 대답은 꼬박꼬박 해 주었다.

안단테의 말을 듣고 그곳이 어디인지 확실하게 확인한 영웅은 차갑게 변해 버린 눈으로 분신을 바라보며 물었다.

"그곳으로 간 목적은?"

"그, 그게 재, 재밌어 보인다고……."

구그그궁—!

"재미?"

그그그그궁—!

영웅의 몸에서 지금까지 느껴지지 않았던 거대한 기운이 솟아올랐다. 행성 전체가 다시 크게 진동하기 시작했다.

족장이 종족 진화를 할 때 느껴졌던 진동과는 다른 진동이었다.

쩌적— 쩌저적—!

행성 이곳저곳에 금이 가기 시작했고 진동은 점점 더 심해졌다.

지면에 조금씩 나타나던 금은 점점 더 커지더니 이내 좌우로 크게 갈라졌다. 자이온의 지면이 크게 갈라지며 벌어지자, 안단테의 동공은 더더욱 커졌다.

이곳 행성 자이온은 평범한 행성이 아니었다.

전투 종족인 무라트족이 훈련을 하는 행성이었다. 그런 행성이 약하겠는가.

아니다.

행성 자이온은 특별한 행성이었다.

물론 그들 자체가 이 행성을 아끼기는 하지만, 기본적으로 자신들이 전력으로 기운을 쏟아부어도 파괴되지 않는 행성.

그것이 바로 자이온이었다.

무라트족은 전투 종족이기도 하지만 파괴의 종족이기도 했다.

그들은 자신들의 기운을 포스 엔진이라는 곳에 모아서 많은 곳에 활용한다.

포스 엔진에서 나오는 기운은 우주선의 엔진 동력을 돌릴 때 등, 무라트 행성에서 사용하는 모든 기기에 사용된다.

특히 행성을 파괴할 때 가장 강력한 힘을 발휘하는 것이 바로 이 포스 엔진이었다.

물론 행성을 파괴할 정도의 포스를 모으기 위해서는 많은 무라트족이 쉬지 않고 기운을 불어 넣어야 했지만, 그래도 행성을 파괴한다는 것 자체가 그들의 강함을 보여 주는 것이었다.

행성 파괴포.

무라트족이 타고 다니는 우주선에는 기본적으로 저 파괴포가 장착되어 있었다.

강력한 행성 파괴 포로도 파괴할 수 없는 행성이 바로 여기 자이온이었다.

우주에서 가장 단단한 암석으로 이루어진 행성, 자이온이 지금 갈라지고 있는 것이다.

그것도 홍익인간족의 왕이 자신의 기운을 끌어내는 것만으로 말이다.

　그제야 안단테는 깨달았다.

　홍인인간족의 왕은 자신들의 상식 안에서 생각하는 강함을 아득히 넘어섰다는 것을 말이다.

　'이런 괴물을 이긴다고? 누가? 우리가? 우리의 왕이?'

　불가능.

　무라트족이 영웅과 싸워 이길 수 있는 확률은 아무리 생각해도 없었다.

　'우리가 전부 덤빈다고 해도…… 막을 수 있는 존재가 아니다……. 막아? 누굴? 저 괴물을?'

　물론 자신들의 왕 역시 상식선에서 이해할 수 없는 강함을 자랑한다. 하지만 눈앞의 괴물에게 과연 통할지 그것은 확실치 않았다.

　아니 오히려 이자가 왕에게 가지 못하도록 막아야 할 판이었다.

　그러나 몸이 자기 생각처럼 움직이지 않았다.

　영웅의 몸에서 뿜어져 나오는 막대한 기운에 몸이 굳어 버린 것이다.

　안단테가 이렇게 생각하는 와중에도 행성의 갈라짐은 계속되었고 사방에서는 화산이 폭발하기 시작했다.

　콰콰쾅-!

투콰콰쾅-!

쿠쿠쿠쿵-!

이곳저곳에서 터져 나오는 화산과 화산에서 나오는 용암이 행성을 덮었고, 그곳에서 나오는 연기는 하늘을 검고 어둡게 만들었다.

세상이 멸망하는 날이 온다면 이럴까?

분노하는 영웅을 누가 말릴 수 있을까.

안단테가 느끼는 이 공포는 무라트족 전체가 느끼고 있었다.

그 많은 무라트족 중에 그 누구도 움직일 생각을 못 했다. 몸을 부들부들 떨면서 주저앉거나 멍한 얼굴로 서 있을 뿐이었다.

전투 종족이며 파괴의 종족이자 우주 최강이라 불리던 종족이 단 한 명의 기운에 전의를 상실한 것이다.

무라트족 왕의 분신은 영웅의 손아귀에서 벗어나자마자 이 엄청난 광경을 목격하고는 다시는 상종도 하기 싫다는 표정을 지으며 곧바로 연기로 변해 버렸다.

왕의 분신마저 사라지자 다들 망연자실하고 있던 그때, 영웅의 엄청난 기운에 화들짝 놀라 깨어난 스필반이 상황 파악을 끝내고 다급하게 외쳤다.

"지, 진정하시오! 와, 왕께서는 워, 원래부터 지, 지구인이셨소!"

"뭐?"

"그, 그곳에서 태어났기에 가, 가끔 가서 즐기고 오신단 말이오."

이건 또 무슨 소린가.

무라트족의 왕이 왜 지구인이란 말인가.

"그게 무슨 말이야? 자세히 말해."

"그분은 지구인이오. 당신처럼 특별한 지구인."

스필반의 말에 영웅은 흥분을 가라앉혔다.

자신과 같은 지구인이 또 나오지 말라는 법은 없었으니까.

"그, 그분 역시 지구인이었기에 다른 것은 모르겠고 온 차원에 있는 지구들은 건드리지 말라고 명하셨소. 그, 그래서 홍익인간족이 만들어 낸 잔재인 지구를 건드리지 못한 것이오."

파괴의 종족이 왜 지구만은 건드리지 않았는지 이제야 이해가 갔다.

또한 저 말을 들으니 조금은 안심이 되었다.

지구에 해를 끼칠 것 같진 않았으니까.

하지만 무라트족을 향해 날리는 살기는 그대로였다.

"다녀와서 보자. 네 말대로 그곳이 아무 일 없기를 빌어라."

영웅의 말에 그곳에 있는 무라트족은 일제히 공포에 몸을 부르르 떨며, 자신들도 모르게 고개를 크게 끄덕였다.

다급하게 지구로 넘어온 영웅은 제일 먼저 가족들부터 찾았다. 영웅은 가족에게 아무런 일이 없다는 사실에 안도의 한숨을 내쉬었다.

가족이 무사하다는 것을 확인한 영웅은 곧바로 대기권까지 날아올라 눈을 감았다.

천부인의 능력까지 얻은 그는 이제 신이나 다름없었다.

그의 기감에 모든 지구인이 들어왔고 모든 지구인의 말과 행동이 생생하게 느껴졌다.

그렇게 한참을 눈을 감고 지구인이 아닌 기운을 찾는 데 온 신경을 집중했다.

그때.

"찾았다!"

기운만으로는 그저 평범한 인간 같았다. 하지만 영웅에겐 느껴졌다.

그 안에 감춰진 난폭한 짐승의 기운이 말이다.

그것은 결코 인간이 가질 수 없는 힘이었다.

영웅은 바로 정체불명의 인간이 있는 장소로 순간 이동 했다.

파팟-!

기운이 느껴진 장소로 이동을 해서 그자를 찾았는데 예상외의 장소에 영웅은 황당한 표정을 지었다.

영웅이 이동한 장소는 인적이라고는 눈을 씻고 찾아도 볼수 없는, 오지 속에 있는 작은 호수였다.

그곳에는 홀로 앉아 잔잔한 수면 위에 낚싯대를 던져 놓고 조용히 그것을 바라보는 남자가 있었다.

그는 은발의 긴 머리에, 낚시와는 어울리지 않는 귀공자 같은 모습을 하고 있었다.

마르지도 그렇다고 체격이 큰 것도 아닌 적당한 몸매. 그런 균형 잡힌 몸매를 볼 수 있었던 이유는 그가 입은 쫄쫄이 같은 복장 때문이었다.

귀공자처럼 생겨서 어울리지 않게 쫄쫄이 복장에 망토를 하고 있었다.

무라트족이 입고 있는 것과 똑같이 생긴 복장. 그것만으로도 그가 무라트족과 매우 연관이 있는 자라는 것을 알 수가 있었다.

"뭐야, 기껏 지구에 와서 한다는 것이 낚시였나?"

영웅의 말에 낚싯대를 바라보며 고요함을 즐기던 남자가 고개를 돌렸다.

남자의 눈빛은 고요함 그 자체였다.

그리고 영웅을 잠시 바라보더니 피식 웃으며 다시 낚싯대로 시선을 옮겼다.

"이제 보니 귀한 손님이 오셨군. 네 몸에서 느껴지는 기운은 내가 아주 잘 아는 기운이군."

남자는 영웅의 정체가 무엇인지 대번에 알았다는 표정을 지었다.

"아, 왜 낚시를 하느냐고 물었던가? 고요함이다. 나는 이 고요함을 느끼며 사색을 즐기는 것을 좋아한다."

"네가 무라트족의 왕인가?"

자신의 정체를 정확하게 말하는데도 그는 놀란 표정 없이 고개를 끄덕였다.

"너는 홍익인간족의 왕이겠군. 그나저나 나를 어찌 찾았지?"

"네놈의 분신이 이곳으로 왔다는 사실을 말해 주었으니까."

"나의 분신? 그놈이? 가만, 그럼 내 분신을 이기고 날 찾아왔다는 소린데?"

"그렇지."

"하하하, 대충 만든 분신이라고는 하나 그 힘이 약하지는 않을 텐데 대단하구나."

"대단하지. 네놈들이 그토록 무서워하던 홍익인간족의 왕이 바로 나니까."

"하하하, 무서워한다고? 우리가? 하긴……. 과거엔 그랬겠지. 그래, 천부인을 전부 찾았던가?"

"그렇지."

영웅의 대답을 들은 무라트족의 왕은 영웅을 잠시 바라보더니 이내 호탕하게 웃었다.

"하하하, 고생이 많았군. 전부 찾기는 쉽지 않은 일이었을 텐데."

"아, 들었어. 너도 이것을 원해서 찾아다녔다며?"

"그렇지, 아주 간절히 원하고 또 원했지."

"왜 남의 것을 탐하고 그래."

"남의 것?"

"그래."

"크크크, 풍백이나 운사, 우사 놈들은 어디에 있는가? 그 놈들은 항시 왕의 옆을 따라다녀야 하는데?"

"그놈들도 알아?"

영웅의 물음에 무라트족의 왕이 잠시 영웅을 바라보더니 이내 고개를 끄덕이며 말했다.

"잘 알지. 한때 내가 거느리던 자들이었으니."

"뭐?"

무라트족의 왕은 자신의 말에 놀라는 영웅을 지그시 바라보다가 피식 웃으며 말했다.

"너는 아무것도 모르고 있군. 하긴, 그놈들이 자기들이 한 잘못을 굳이 떠들지는 않을 테니."

그리 말하며 영웅을 부드러운 표정으로 바라보았다.

"일단 좀 앉지? 여기 어떤가? 내가 아주 좋아하는 공간이라네."

무라트족의 왕이 자리를 권하던 그때, 누군가가 다급하게 모습을 드러내며 무라트족의 왕과 영웅의 사이를 가로막았다.

"누구냐!"

"와, 왕이시여! 용서하십시오! 저희가 잠시 한눈을 판 사이에 들어온 놈인가 봅니다!"

"지금 당장 치우도록 하겠습니다."

자신들의 왕을 호위하는 무라트족인 것 같았다.

"놔둬라. 홍익인간족의 왕이다. 너희가 이길 수 있는 상대가 아니야."

왕의 말에 나타난 무라트족이 화들짝 놀라며 영웅을 바라보았다.

"물러가라. 둘이 조용히 대화를 나누고 싶구나."

"아, 알겠습니다!"

왕의 명령을 받자마자 순식간에 자리를 떠나는 무라트족이었다.

"미안하네. 대화가 잠시 끊겼군. 애들이 좀 눈치가 없어. 그래도 나름 유명한 애들이라네. 칠성좌라고 들어 봤는가?"

영웅이 고개를 끄덕이자 무라트족의 왕이 피식 웃으며 말했다.

"크큭, 자네만 알고 있게나. 사실 저놈들이 족장보다 강하다네. 족장은 그것도 모르고 자신이 내 다음으로 강한 줄 알고 있지."

"관심 없다. 어차피 내 주먹 한 방이면 끝날 놈들이야."

"역시 그 자신감. 홍익인간족 놈들의 왕답구나."

"쓸데없는 이야기는 그만하고, 아까 그게 무슨 뜻이지? 풍백과 운사를 한때 네가 거느렸다고?"

"거느리기만 했을까. 자네가 찾은 그 천부인의 주인도 바로 나였지."

"무슨 소리야?"

"두 번째 환웅, 그것이 바로 나다."

그는 자신이 두 번째 환웅, 즉 홍익인간족의 2대 왕이었다고 말하고 있었다.

그 말에 영웅이 고개를 갸웃거리며 물었다.

"당신이 홍익인간족의 2대 왕이라고? 이상하네? 그는 무라트족과 싸움에서 장렬하게 전사했다고 하던데."

"뭐? 장렬하게 전사? 크하하하하하!"

영웅의 말에 갑자기 크게 웃는 그였다.

그러더니 이내 분노 가득한 얼굴로 영웅을 노려보며 말했다.

"풍백과 운사, 우사. 그놈들이 그러던가? 내가 무라트족과 싸우다가 장렬하게 전사했다고?"

"그들이 한 이야기는 아니지만 내가 듣기론 그렇다."

"크큭. 자기들 살겠다고 나를 사지로 몰아넣고는 뭐라? 장렬하게 전사? 양심도 없는 것들이구나."

"아니라는 소린가?"

"아니지, 아니야. 오히려 죽어 가는 나를 살려 준 것은 무라트족이다. 나를 죽이려 한 것은 홍익인간족이고."

2대 환웅의 말에 영웅이 고개를 갸웃거렸다.

"그게 무슨 말이지? 자신들의 왕을 죽이려 했다고?"

"크큭, 그래."

"왜지?"

"내가 왕의 자격이 없다고 생각했으니까. 들었는지 모르겠지만, 나는 천부인의 힘조차 제대로 흡수하지 못하는 왕이었다. 그들 처지에서는 성에 차지 않았겠지. 그대는…… 강하군. 훨씬 강해."

"흠, 나는 네 말을 완전히 믿지 않는다. 알지?"

"크큭, 그래. 마음대로. 믿든지 안 믿든지 그것은 너의 자유니까. 나는 내가 겪은 일을 있는 그대로 말할 뿐이다."

2대 환웅의 말에 영웅은 심각한 표정을 지었다.

"무라트족의 왕이라는 것은 무슨 이야기지?"

"아, 그거 말인가? 홍익인간족이 천부인을 가지고 있는 것처럼 무라트족에도 신물이 있었다. 나를 치료하는 과정에 그 신물이 반응했고 그 신물 속에 있던 힘이 나에게 흡수되었지. 천부인의 힘을 제대로 흡수하지 못하던 것과 달리 온전히. 눈을 뜨니 모든 무라트족이 나를 향해 엎드려 있더군. 자신들의 적이었던 나에게 말이야."

그리 말하고는 자신의 손을 바라보며 말을 이어 갔다.

"덕분에 나는 천부인 안에 담겨 있던 힘보다 더더욱 강한 힘을 얻게 되었지. 그리고 나를 버린 홍익인간족에 복수를 결심했지."

"그래서 모든 홍익인간족을 멸족시킨다고 한 것인가?"

"잘 아는군. 맞아. 내가 그리 지시했지. 모조리 잡아내라고. 그리고 천부인을 찾아내라고."

"천부인이 그리 탐이 났었나? 아니면 미련인가?"

"탐이 나냐고? 미련이 남았냐고? 하하하하! 아니야. 오해하고 있군. 나는 천부인이 탐나거나 미련이 남아서 그것을 찾아다닌 것이 아니야."

"그러면?"

"그들이 그토록 애지중지하던 천부인이 얼마나 쓸모없는 것인지 보여 주기 위함이었지. 나는 그것들을 찾아서 홍인인간족들이 보는 앞에서 박살을 내 버릴 생각이었거든. 뭐, 놈들의 새로운 왕을 그들이 보는 앞에서 처참하게 무너뜨리는 것도 나쁘진 않겠군."

2대 환웅의 말에 영웅의 이마가 꿈틀거렸다.

"그게 가능하다고 보나?"

"너는 강하다. 하지만 나는 그것보다 훨씬 강하지."

"그럼 붙어 볼까? 누가 진짜로 강한지?"

"관중도 없이? 그건 내가 싫군. 이날을 얼마나 기다려 왔는데 아무도 없는 이런 곳에서 싸운단 말인가. 안 되지, 암!"

2대 환웅의 말에 영웅이 어이없는 표정을 지었다.

"거기에 이곳은 내 유일한 마음의 안식처. 망가지게 할 수야 없지. 어떤가? 장소와 시간을 정해서 다시 만나는 것이."

무라트족 왕의 말에 영웅이 고개를 끄덕였다.

저자와 지구에서 싸우는 것은 자신도 원하지 않았다.

"그건 나도 인정이다. 좋다! 그럼 장소를 정해라."

"나더러 정하라고? 정말인가? 내가 유리한 장소로 정하면 어쩌려고?"

"상관없다."

"자신감이 대단하군. 정말 내가 정해도 되겠나?"

"얼마든지. 자이온 행성은 내가 흐물거리게 만들어 놨으니 거긴 안 돼."

"오호, 자이온을 흐물거리게 만들다니. 정말로 천부인의 힘을 온전히 흡수했나 보군. 좋다!"

2대 환웅은 기분 좋은 미소를 지으며 옆에 있는 바위 위에 숫자와 알 수 없는 언어를 적기 시작했다.

"좌표와 시간이다. 풍백이나 운사에게 물어보면 잘 알 것이다."

"여기가 어딘데?"

"크큭, 그건 그놈들에게 물어봐. 아주 좋아할 테니."

"알았다. 꼭 시간 맞춰서 가지."

"꼭 홍익인간 놈들을 최대한 데려오라고 전해라. 나는 모든 무라트족을 집결시킬 테니."

"알겠다. 이제 막 왕이 된 내 말을 들을는지는 모르겠지만, 최대한 모아서 가겠다."

"크크큭. 그들에게 전해라. '돌려주겠다'라고. 그러면 오는 놈들이 더 많을 것이다."

2대 환웅의 말이 무슨 뜻인지 이해가 가진 않았지만, 영웅은 그냥 고개를 끄덕였다.

"좋다. 짧은 만남이었지만 나는 네가 마음에 드는군. 그럼 약속된 날에 보자."

슈팍-!

그 말을 끝으로 낚시터에 앉아 있던 2대 환웅은 낚싯대만 덩그러니 남겨 두고 사라졌다.

⟨═══⟩

무라트족의 왕과의 대면을 마친 영웅은 곧바로 풍백과 운사, 그리고 우사까지 모조리 불러들였다.

이들에게 진실을 듣고 싶었기 때문이었다.

영웅은 무라트의 왕, 아니 2대 환웅에게 들은 이야기를 전부 이들에게 들려주었다.

"여기까지다."

영웅의 이야기를 모두 들은 풍백과 운사, 우사는 몸을 부르르 떨며 충격에 빠진 채 아무런 말도 하지 못하고 있었다.

그렇게 잠시간의 침묵이 흐른 뒤에 풍백이 간신히 입을 열었다.

"그, 그분께서 사, 살아 계셨다니……."

그런 풍백의 반응을 본 영웅은 그의 말이 전부 사실임을 깨달았다.

"그가 한 말이 맞는 모양이군. 자, 지금부터 진실만을 말해라. 아니면……."

고오오오-!

영웅의 몸에서 푸르스름한 아지랑이가 넘실거렸다.

그 기운을 느낀 세 사람은 납작 엎드리며 영웅에게 용서를 구하기 시작했다.

"시, 신들을 벌하여 주시옵소서!"

"벌하여 주시옵소서!"

엎드린 그들에게 영웅이 물었다.

"그의 말이 사실이라는 건가?"

영웅의 물음에 세 재상은 고개를 끄덕이며 말했다.

"모두 사실이옵니다."

그들의 대답에 영웅이 허탈한 표정을 지으며 말했다.

"믿을 수가 없군. 어떻게 자신들이 모시던 왕을 그렇게 내칠 수가 있지? 나도 약했다면 그런 식으로 버림받았겠군. 안 그런가?"

영웅의 차가운 목소리에 풍백이 고개를 마구 흔들며 말했다.

"아, 아니옵니다! 폐하! 선대께서는 크나큰 오해를 하고 계신 것이옵니다!"

"오해?"

"그, 그렇습니다! 소신이 당시 상황을 설명해도 되겠사옵니까?"

"말해 봐. 어차피 양쪽 의견을 다 들어 볼 생각이었으니까."

"성은이 망극하옵니다!"

풍백은 영웅에게 감읍한다는 표정으로 연신 허리를 숙이고 이야기를 시작했다.

"사실 홍익인간족과 무라트족은 서로 상부상조하는 사이였습니다."

"상부상조? 앙숙이 아니었어?"

"그러하옵니다. 홍익인간족이 창조를 하면 무라트족이 파괴를 하여 우주의 균형을 맞추어 가고 있었사옵니다."

이건 또 놀라운 이야기였다.

"아니, 그런 이야기를 왜 나한테는 하질 않은 것이지? 나를 이용해서 너희의 복수를 하려 한 것인가?"

"아, 아니옵니다! 폐, 폐하! 그, 그런 천인공노할 짓은 저, 절대로 하지 않았사옵니다!"

"그럼 왜 나에게 그 말을 이제야 하는지 설명해 봐."

"이제 다시는 무라트족과는 예전의 관계로 돌아갈 수 없다고 생각했사옵니다. 그런 상황에서 굳이 폐하의 심기를 어지럽히는 이런 과거의 이야기를 할 필요는 없다고 판단했사옵니다."

"계속 말해."

"무라트족에 왕이 있다는 사실도 이번에 처음 안 사실이었고, 심지어 그 왕이 전대 폐하였다는 사실 역시 오늘 처음 알았사옵니다. 물론, 그동안 우리 종족이 무라트족에게 당한 울분을 폐하께서 갚아 주시길 바란 것은 사실이옵니다. 하지만, 폐하를 향한 저희의 충정은 진심이옵니다! 부디 믿어 주시옵소서!"

그리 말하고는 바닥에 자신의 이마를 '쿵' 하고 찍으며 머리를 박는 풍백이었다.

그런 풍백을 따라 운사와 우사 역시 눈물을 흘리며 풍백과 같이 머리를 박고서는 영웅에게 고개를 조아렸다.

"하아, 알았다. 알았어. 하던 이야기나 마저 계속해."

"망극하옵니다, 폐하!"

풍백은 이마에서 흐르는 피를 닦을 생각도 하지 않은 채

이야기를 계속 이어 갔다.

"초대 왕께서 폭주하신 이야기는 아시지요?"

풍백의 말에 영웅이 고개를 끄덕였다.

"두려웠습니다. 전대 왕께서도 그렇게 폭주를 할까 봐 말입니다. 세상에 알려지지 않은 사실이 있는데, 그것은 바로 홍익인간족이 멸족할 뻔했던 이유가 바로 무라트족 때문이 아니라, 초대 왕께서 폭주하셨기 때문입니다."

"그게 무슨 말이지?"

"소신이 말씀드린 그대로입니다. 초대 왕께서 폭주를 하시며 이성을 잃고 자신의 백성들을 학살하기 시작했습니다. 저희는 그런 초대 왕을 제압해야 했고 그러기 위해 만든 것이 바로 천부인이옵니다."

"천부인이 왕의 폭주를 제어하는 역할을 하는 것인가?"

"그것도 있지만, 그 안에는 오직 왕만이 가질 수 있는 강력한 힘이 봉인되어 있습니다. 본디 천부인을 전부 모으고 천부인의 진정한 주인이 되어야만 진정한 왕의 힘을 사용할 수 있습니다만……. 폐하는 예외였습니다. 천부인보다 더 강력한 힘을 가지고 계시니까요."

"왕이 폭주를 한 이유는?"

"저희가 너무 욕심을 부렸습니다. 그 당시에 저희 종족은 자만심이 하늘을 찌르고 있었습니다. 온 우주를 우리 마음대로 주무를 수 있다고 생각했지요. 그런데 딱 한 종족이 걸리더군요."

"무라트족이군."

"그렇습니다. 그들은 파괴의 종족. 어찌 보면 저희와는 상극인 종족이었죠. 저희의 힘으로는 그들을 이길 수가 없었습니다. 그래서 저희는 그들을 견제하기 위해 가진 모든 힘을 쏟아부어 환웅을 만들었고 그것이 바로 저희의 초대 왕이옵니다. 문제는 너무 강한 힘을 몰아넣은 탓인지 그것을 감당하지 못하고 미쳐 버려 폭주한 것입니다. 그 일로 인해 종족의 3할이 목숨을 잃었습니다."

"불사의 존재들이 아니었나? 창조의 종족이면 죽지 않을 것 같은데? 그대들도 수천 년을 살아오지 않았나."

"수명은 무한에 가까우나 불사는 아니옵니다. 만약, 정말로 그러하다면 왜 무라트족을 피해 도망 다녔겠사옵니까."

"하긴 그렇군. 그런데 도망만 다니지 말고 제대로 사람들을 모아서 한번 붙어 보지 그랬어."

영웅의 말에 풍백의 안색이 어두워지며 말했다.

"폐하, 저희 종족은 무한에 가까운 수명을 가진 대신 새로운 생명이 탄생하질 않습니다. 무라트족에 저희 종족이 죽는다면 그걸로 끝인 것이지요. 그렇게 계속 줄어든다면 저희 종족은 멸족이옵니다."

"창조의 종족인데 왜 생명을 탄생시킬 수 없어? 왕도 만들면서."

"이것 역시 환웅을 만들면서 생긴 부작용이옵니다. 우리를 지켜 줄 왕을 만들었음에도 사람들이 따르지 않는다면 무슨 소용이 있겠습니까. 그래서 왕에게 한 가지 권한을 천부인에 넣어 영구히 넘겨주었습니다."

　"그것이 종족 번식의 권한이다?"

　"그러하옵니다. 오로지 왕의 축복이 있어야만 새로운 후손이 잉태되옵니다."

　"그런데 그 왕이 그동안 없었으니 번식을 하지 못했다?"

　"그러하옵니다. 그동안 무라트족에 의해 많은 희생이 있었고 그마저도 전 우주에 뿔뿔이 흩어져 있는 상황이옵니다. 이대로 가다간 종족의 멸족은 기정사실이 될 터. 그러는 와중에 폐하께서 등장하신 것이옵니다."

　"천부인을 너희가 찾아서 권한을 다시 돌려받으면 되는 거 아냐?"

　"천부인과 대화를 하셨다고 하시지 않았습니까?"

　"맞아, 나에게 말을 걸었지."

　"천부인은 영혼이 있는 신물이옵니다. 오로지 주인으로 인정한 자에게만 온전한 능력을 넘겨주지요."

　풍백의 말을 들은 영웅은 고개를 끄덕였다.

　그 정도 권한은 있어야 이들도 마지못해 따르지 않겠는가.

　"그럼 2대 환웅의 일은 어찌 된 것이지?"

　"그분은 정말로 오랜만에 저희에게 나타난 소중한 왕이셨습니다. 무엇보다 인자하시고 백성들을 생각하시는 성군이셨죠. 그런데 한 가지 부족한 점을 갖고 계셨습니다."

"천부인의 능력을 제대로 흡수하지 못한 거?"

"맞습니다. 모든 면에서 완벽하신 왕이셨으나 이상하게 천부인의 능력을 온전히 흡수하지 못하셨습니다. 문제는 그것이 왕에게 커다란 부담으로 작용했다는 점이지요. 왕께서는 어느 순간 미소를 잃으셨고 초조해하셨습니다. 점점 화를 내시는 날도 늘어 갔지요. 저희는 그 모습에 두려움을 느꼈습니다."

"힘을 어설프게 흡수하는 바람에 초대 환웅처럼 폭주할 것이라 지레짐작했군."

"맞사옵니다. 천부인의 능력을 제대로 흡수하지 못한 2대 환웅께서는 종족 번식의 축복도 제대로 내려 주지 못하셨고 그 때문에 백성들이 왕을 원망하자, 왕께서는 점점 미쳐 가기 시작했습니다."

"그래서 버리기로 결정을 내린 것이냐?"

"아닙니다! 저희는 폐하를 버리지 않았습니다! 그를 원래대로 돌리기 위해 수많은 노력을 했습니다!"

"그런데 어찌 무라트족과의 전쟁에 그를 투입했지?"

"무라트족이 먼저 폐하를 노렸습니다."

"뭐?"

"그들이 먼저 폐하를 노리고 전쟁을 선포했습니다. 폐하는 미쳐 가고 있었고 저희는 무라트족을 막을 힘이 없었습니다. 우리는 종족을 지켜야만 했습니다. 그래서 2대 환웅께서 무라트족과 전투를 벌이고 계실 때 모든 종족을 피신시켜야 했습니다."

풍백은 착잡한 표정을 지으며 그 당시를 상상하는 듯했다.

그러더니 입술을 꽉 깨물며 힘겨운 목소리로 말했다.

"정말로 힘든 결정이었지만……. 지금 다시 그런 상황이 와서 선택하라고 해도…… 소신은 왕이 아닌 종족의 안위를 먼저 챙겼을 것이옵니다."

풍백의 이야기를 들으니 대충 어찌 된 일인지 짐작이 가기 시작했다.

2대 환웅은 확실하게 미쳐 가고 있었다. 천부인의 부작용인지 아니면 과한 부담감 때문인지 모르겠지만, 어찌 되었든 그가 미쳐 가고 있었던 것은 확실해 보였다.

아마도 제정신이 아닌 상태에서 무라트족과 싸웠을 것이고, 그런 자신을 두고 대피하는 홍익인간족을 바라보며 자신을 버리고 도망쳤다고 생각했을 것이다.

무라트족이 2대 환웅을 노린 것과 그를 치료한 것, 그리고 무라트족의 신물의 힘을 온전히 흡수했다는 것을 조합해 보면 무라트족은 자신들의 왕이 2대 환웅이라는 것을 알았던 것 같았다.

서로 상부상조하던 두 종족이 철천지원수가 된 이유기도

했을 것이다.

홍익인간족에는 어울리지 않았던 무라트족의 왕, 2대 환웅.

'쯧, 그냥 자신과 맞지 않는 옷을 입었던 대가였군.'

어찌 된 일인지 대충 다 알았으니 이제 약속된 장소로 이동해야 할 시간이다.

그런데 세 재상이 엎드린 채 미동도 하지 않고 있었다.

"뭐 해?"

영웅의 물음에 세 재상이 움찔하더니 풍백이 그들을 대표해서 말했다.

"소신들을 벌하시는 것이 아니옵니까?"

"내가 왜?"

"소, 소신들은 주군을 버리고 도망을 쳤사옵니다."

"나도 버리려고?"

"아, 아니옵니다! 소신의 목숨을 거는 한이 있다 해도 절대로 폐하를 버리고 도망가는 일은 없을 것이옵니다! 그런 일은…… 한 번이면 족하옵니다……."

"소신들 역시 마찬가지옵니다!"

영웅의 머릿속에 이들의 마음이 읽히고 있었다.

이들은 오히려 영웅이 자신들을 버릴까 봐 두려워하고 있었다.

그리고 이들이 하는 모든 이야기가 진실인 것도 알고 있었다.

"됐어. 일어나. 2대 환웅은 내가 봤을 때 너희와 연이 없었던 것뿐이다."

"폐, 폐하……."

"자, 그럼 가 보자. 내 새끼들 괴롭힌 놈들 혼내 주러."

풍백과 운사 그리고 우사는 영웅이 내 새끼라고 자신들을 칭하자, 감동의 눈물을 흘리기 시작했다.

"서, 성은이 망극하옵니다!"

세 재상은 동시에 눈물을 흘리며 영웅을 향해 큰절을 올렸다.

"됐어, 그만. 저기 저 돌에 새겨져 있는 좌표나 해석해. 그곳에서 보기로 했으니까."

영웅이 가리킨 바위를 바라보며 세 재상이 고개를 조아렸다.

"알겠사옵니다!"

세 재상은 재빨리 영웅이 가리킨 바위로 이동해 그곳에 새겨진 좌표와 시간을 보았다.

"헉! 이, 이곳은?"

"마, 맙소사!"

좌표를 확인한 세 재상이 놀란 목소리로 외치고는 서로를 바라보며 안절부절못하기 시작했다.

그 모습에 영웅이 고개를 갸웃거리며 물었다.

"뭐야? 아는 곳이야?"

영웅의 말에 풍백이 떨리는 목소리로 말했다.

"이, 이곳은 우, 우리 고향 행성……. 고조선입니다."

행성 고조선.

홍익인간족이 살던 지구형 행성이었다.

"아, 그래서 그런 이야기를 하고 갔었군."

"무, 무슨 말을 남기셨습니까?"

"너희에게 돌려주겠다고."

"……!"

"그게 그런 뜻이었군."

왜 그런 소리를 했는지 대번에 이해되었다.

"좋아, 돌려준다는데 돌려받으러 가야지. 홍익인간족 전부 다 고조선으로 모이라고 해."

"폐, 폐하? 그, 그건."

"어명이라고도 전하고. 안 오는 놈은 홍익인간족에서 영원히 제명이라고도 전해. 알았지?"

"추, 충!"

홍익인간족의 고향이자 한때 삶의 터전이었던 곳.

행성 고조선.

크기는 지구보다 약간 작지만, 지구보다 많은 자원과 아름다운 자연환경으로 이루어진 곳이다.

자신들의 터전이니 얼마나 심혈을 기울여서 만들었을까.

그만큼 고조선은 아름답고 생명체가 살기에 최적의 조건을 갖춘 행성이었다.

하지만 지금은 무라트족과의 전쟁으로 인해 상당 부분이 파괴되었고, 거기에 이 행성을 정복한 무라트족이 매장되어 있는 가드륨을 캐내면서 많은 곳이 흉물스럽게 변해 있었다.

엘런족이 만든 로봇들이 열심히 가드륨을 채굴하고 있는 이곳.

가드륨 채굴이 끝난 장소는 둥근 원형으로 깊게 파여 있었다. 그 원형의 둘레는 우주에서도 보일 만큼 어마어마하게 넓었다.

원형 깊은 곳 중심에 무라트족의 왕, 2대 환웅이 턱을 괸 채 앉아 있었다.

둥근 원형으로 파인 곳에는 수많은 무라트족이 경기장에 구경 온 관중처럼 조용히 앉아 있었다.

"그들이 정말로 오겠습니까?"

"올 거야. 혼자라도 올 거야. 내가 본 그는 그래."

"그자가 홍익인간족의 재상 놈들에게 폐하의 정체를 들었을 텐데요."

"크큭, 그래서 더 재밌지 않아? 자신들의 전대 왕과 현 왕의 대결. 크큭."

"폐하, 소신의 말뜻은 그게 아니고……."

무라트족의 족장, 스필반이 입을 열려 하자, 무라트족의 왕이 손을 들어 그를 제지했다.

"그만, 그들이 오지 않을까 봐 걱정되는 것인가? 왜, 그들이 훗날을 도모하면 내가 그들에게 당할까 봐?"

"아, 아니옵니다! 소, 소신은 그저 걱정이 되어……."

"쯧쯧, 되었다. 만약, 그들이 오지 않는다면 그들이 만들어 낸 모든 것을 전부 파괴할 것이다. 하나도 남김없이 말이야. 그리고 홍익인간족을 모조리 찾아 도륙 낼 것이다. 이제 만족하느냐?"

"소신이 폐하의 심중을 어지럽혔사옵니다. 부디 용서를……."

스필반이 왕에게 용서를 구하려는 그 순간, 하늘에서 거대한 소용돌이가 치기 시작했다.

소용돌이는 이내 한곳으로 몰려들었고 검은 구체를 형성했다.

한 개가 아닌 수십 개의 구체에서 완전무장을 한 사람들이 우르르 쏟아져 나오기 시작했다.

"왔군, 후후."

그들의 등장에 무라트족의 왕이 즐거운 미소를 지으며 자리에서 일어났다.

"그대도 잔소리 그만하고 자리에 가서 앉아라. 그리고 보아라. 너희 왕의 위대함을 말이다."

"충!"

스필반이 고개를 숙이고 자신의 자리로 돌아가는 그 순간, 무라트족의 왕 앞에 영웅이 모습을 드러냈다.

"늦은 건 아니지?"

"딱 맞춰 왔군."

"그래야 있어 보이잖아."

"크큭, 그건 맞는 말이군. 확실히 있어 보이는군."

그리 말하며 비장한 표정으로 자리에 앉는 홍익인간족을 바라보며 턱짓을 했다.

그러자 영웅이 피식 웃으며 말했다.

"아니, 아무리 말려도 저렇게 완전무장을 하더라고. 근데 저 갑옷이 멋져 보이기도 하고 그래서 내버려 뒀어."

"홍익 놈들 옷이 좀 이쁘기는 하지. 이런 형편없는 옷에 비하면 말이지."

그러면서 자신이 입고 있는 쫄쫄이 옷과 망토를 흔들어 보였다.

그 모습에 영웅이 피식 웃으며 말했다.

"뭐하면 애들한테 말해서 옷 한 벌 지어 줄까?"

"크큭, 내가 너를 이기고 나면 자연스럽게 저들이 만들어

바칠 것인데 굳이 그런 수고까지 할 필요는 없다."

둘의 대화를 듣는 홍익인간족과 무라트족은 고개를 갸웃거렸다.

마치 둘은 오랜 친구를 만난 사람들처럼 친근하게 농을 주고받으며 대화를 나누고 있었다.

"붙기 전에 통성명이나 하자. 나는 강영웅."

"후후, 너의 이름은 이미 들어서 알고 있다. 나의 이름은 해모수다."

"해모수라……. 익숙한 이름이군."

영웅이 작게 중얼거렸고, 해모수는 그런 영웅의 모습을 대수롭지 않게 생각하고는 물었다.

"자, 어찌 싸울까? 우리가 제대로 대놓고 싸운다면 너의 백성이나 나의 백성에게 피해가 갈 것 같고."

"제대로 싸워도 돼. 천부인의 힘을 이용해 진을 만들면 너와 내가 이 안에서 아무리 싸워도 저들에게 피해가 가지 않을 거라더군."

"호오, 천부인에 그런 능력이 있었나? 처음 듣는 이야기군."

해모수가 흥미로운 표정을 지으며 턱을 쓰다듬었다.

"잘되었군. 저들에게는 자신들의 왕이 얼마나 잘났는지, 홍익인간족 놈들에게는 자신들의 왕이 얼마나 약한 존재인지를 제대로 보여 줄 수가 있어서 말이야."

해모수 말에 영웅이 피식 웃으며 손짓하자, 풍백과 운사, 우사가 뛰어나와 영웅에게 천부인을 받아 갔다.

그리고 각자 맡은 세 방위에 천부인을 각각 두고 주문을 외우자, 천부인에서 푸른빛의 뇌전이 일어나기 시작했다.

뇌전은 이내 천부인들끼리 연결되어 점점 위로 올라가더니, 영웅과 해모수가 있는 곳을 중심으로 반원 모양의 장막을 만들었다.

그것을 본 해모수가 자신의 손에 기운을 끌어모아 가볍게 날렸다.

퍼엉-!

찌이이잉-!

해모수가 날린 기운은 푸른 뇌전으로 뒤덮인 장막을 뚫지 못하고 넓게 퍼지며 사라졌다.

그것을 본 해모수가 신기한 표정으로 장막을 둘러보며 말했다.

"호오, 정말로 우리의 기운을 버틸 만큼 단단하군. 방금 그 기운이면 여기를 통째로 날려 버릴 수 있는데."

해모수는 영웅을 바라보며 말했다.

"그나저나 저기에 꽂혀 있는 저건 천뢰신검이군. 필요 없나? 저게 있고 없고는 힘의 차이가 클 텐데."

"필요 없어."

"크큭, 뭐 네 마음대로 해라. 나는 분명히 권했다. 나중에

우는소리 하지 마라."

"그만 떠들고 슬슬 시작하자. 지겨워지려고 한다."

"좋아. 그럼 먼저 들어와 봐."

해모수가 자신만만한 표정으로 손을 까닥거리며 말하자 영웅이 피식 웃으며 해모수 앞으로 순간 이동 했다.

곧 영웅은 타격 자세를 잡고는 해모수를 올려다보며 말했다.

"그럼 사양하지 않고 먼저 들어가지."

파앙-!

공기가 터지는 소리와 함께 영웅의 주먹이 해모수를 향해 내질러졌다.

쩌엉-!

영웅이 내지른 주먹은 이중 삼중으로 펼쳐진 방어막에 막혔고, 해모수가 정말로 놀란 표정으로 영웅을 바라보고 있었다.

"후아! 깜짝이야. 너는 사양이라는 게 없냐? 보통은 자존심 때문에 기분 나빠 하면서 흥분하고 달려들던데."

"아니 이런 좋은 기회를 주는데 왜 사양을 하고 왜 기분 나빠 해야 하지?"

"크큭, 역시 남다르군. 힘도 그렇고 하는 행동도 그렇고."

"칭찬으로 받아들이지. 그나저나 내 공격이 이렇게 허무하게 막힌 것은 처음인데?"

"그런 것 같군. 나도 이런 충격은 처음 받아 봤으니까. 설마, 방금 그 공격이 전력은 아니겠지?"

"당연히 아니지."

둘은 뭐가 그리 즐거운지 서로를 바라보며 씩 웃었다.

"이제 본격적으로 붙어 볼까?"

"좋지."

해모수가 더더욱 진한 미소를 지으며 영웅을 향해 달려들었다.

그리고 영웅에게 셀 수도 없이 주먹을 내지르기 시작했다.

파팡— 파파파팡—!

어찌나 빠르게 움직이는지 주먹은 보이지 않고 허공에서 파공음만 들려왔다. 그러나 그것을 또 전부 피하고 있는 영웅이었다.

"크하하하! 대단해! 정말로 대단해!"

"너야말로 대단하군. 그래, 이런 걸 원했어. 오랫동안 말이지."

"네놈도 적수를 찾아다녔던가?"

"그렇지. 강하다는 것은 정말이지 무료함의 연속이거든."

"크큭, 내가 왜 너를 보자마자 마음에 들었는지 이제야 알겠군."

다정하게 나누는 대화와 달리 그들의 움직임은 살벌했다.

허공에서 들려오는 파공음은 점차 더 커졌다.

관중석을 보호해 주고 있는 결계까지 그 영향을 끼치는지, 천부인의 기운으로 펼쳐진 결계가 일렁이기 시작했다.

"맙소사! 천부인의 힘이 깃들어 있는 결계가 저렇게까지 요동치다니."

풍백이 믿어지지 않는 표정으로 일렁이는 결계를 바라보았다.

반면, 무라트족의 족장 스필반과 칠성좌들은 다른 것에 놀라고 있었다.

"맙소사, 폐하의 공격에 저렇게 쉽게 대응하다니!"

"폐하의 공격을 저렇게 웃으며 여유롭게 받아 내다니……. 홍익인간족 왕도 만만치 않군요."

"그래도 우리 폐하께서 더 강하시다. 아직 힘을 개방하지도 않으셨지 않느냐."

"그건 맞습니다."

둘은 침을 꿀꺽 삼키며 영웅과 해모수의 대결을 지켜보았다.

파파팡-!

수백, 아니 수천 합을 겨뤘을까?

해모수가 맹렬하게 휘두르던 주먹을 멈추었다.

"지쳤나?"

"아니, 이제 몸풀기가 끝났으니 본격적으로 하려고. 그런데 내가 기운을 개방하면 결계가 깨질 것 같은데."

해모수의 말에 영웅이 결계를 바라보았다.

아직 본격적인 전투가 시작되지도 않았는데 결계가 크게 요동치고 있었다.

"네 말대로다. 아무래도 자꾸 신경이 쓰이네."

"그렇지? 나도 우리 애들만 아니면 그냥 무시하고 싸우려 했는데 자꾸 거슬리네."

서로가 신경이 쓰인다고 말하자 영웅이 씩 웃으며 자기 생각을 말했다.

"뭐, 이 정도면 대충 우리 힘이 어느 정도인지 둘 다 인지하지 않았을까? 다들 보내고 제대로 해보는 건 어때?"

"아쉽군. 네놈을 멋지게 쓰러뜨리는 장면을 우리 애들에게 꼭 보여 주고 싶었는데."

해모수의 말에 영웅이 피식 웃었다.

"그 장면은 아마 영원히 보여 줄 수 없을 거야."

"그렇지? 그냥 나중에 쓰러져서 너덜너덜해진 너를 홍익놈들에게 던져 주는 것으로 만족해야겠군."

"뭐, 꿈은 누구나 꿀 수 있으니까."

영웅이 양손을 으쓱하며 말하자 해모수가 피식 웃고는 스필반을 향해 외쳤다.

"이제부터 본격적으로 전투가 시작될 것이다! 그러니 다들 이곳에서 벗어나 다른 행성으로 이동해라. 자꾸 신경이 쓰여서 제대로 싸울 수가 없구나."

해모수의 말에 무라트족은 아무런 불만도 없이 일제히 질서 정연하게 벌떡 일어나 하나씩 사라지기 시작했다.

영웅이 풍백을 지그시 바라보며 고개를 끄덕이자, 풍백은 즉시 결계를 해제하고 천부인을 영웅에게 공손히 바친 뒤에 홍익인간족을 데리고 순식간에 모습을 감추었다.

다들 떠나고 난 뒤에 텅 빈 곳에 남은 둘.

영웅은 천뢰신검을 이리저리 둘러보았다.

"쓰고 싶다면 써도 된다."

"훗, 아니. 내가 아끼는 검이라 상처가 생기지 않았나 잠시 살펴본 것뿐이다."

그리 말하고는 4차원의 공간 속으로 검을 집어 던진 영웅은 다시 해모수를 바라보았다.

"나는 분명히 권했다. 나중에 딴소리하기 없기다."

"그래."

"좋아. 이제 본격적으로 힘을 써 볼까 하는데. 혹시 종족 진화라고 들어 봤나?"

"무라트족의 특기 말인가?"

"잘 아는군. 내가 그걸 하려 하는데."

"해, 나도 진각성초인권을 사용할 테니."

"진각성초인권?"

"아, 무라트족의 종족 진화에 대응하기 위해 만든 기술이라더군."

"하하하, 그렇군. 그거 기대되는데?"

"그보다 궁금한 것이 있는데."

"뭐지?"

"너는 무라트족도 아니면서 어떻게 종족 진화를 쓸 수 있는 거지?"

"아, 그건 말이지. 이 힘을 얻으면서 체질이 변했다고 이해하면 되겠군."

해모수의 말에 영웅은 대충 이해한다는 표정으로 고개를 끄덕였다.

"자, 그럼 시작하자."

그 말과 동시에 해모수가 자신의 몸에 있는 기운을 있는 힘껏 끌어올리기 시작했다.

쿠오오오오오-!

쩌적- 쩌적-!

그와 동시에 해모수의 쫄쫄이 옷이 찢어지면서 등 뒤에서 무언가가 솟아났다.

쩌저적-!

콰아아아-!

해모수의 몸에서 나오는 기운은 점점 더 강해지더니, 이내 행성 전체가 요동칠 정도로 어마어마한 기운을 발산하기 시작했다.

해모수의 몸 주변으로 붉은 기운들이 넘실거리고 있었고 피부 역시 붉은 빛이 감돌고 있었다.

그의 등 뒤에는 네 개의 팔이 솟아나, 원래 있던 팔과 함께 총 여섯 개의 팔이 되었다.

변신을 모두 마친 해모수는 크게 숨을 들이켠 뒤에 내뱉으며 말했다.

"후아! 오래간만에 변신하니 상쾌하군."

"정말 말도 안 되게 강해졌네."

"크크크. 너도 어서 변신해라. 기다려 주지."

"아니, 나는 그냥 이대로 해도 될 것 같네."

"뭐?"

"굳이 변신하지 않아도 될 것 같다고."

영웅의 말에 기분이 상했는지 해모수가 살짝 굳은 표정으로 노려보며 말했다.

"으드득! 오냐! 나중에 후회하지나 말아라!"

해모수가 일그러진 얼굴을 한 채 영웅을 향해 여섯 개의 팔을 한 곳으로 합친 뒤 기를 모으기 시작했다.

그오오오오ㅡ!

한눈에 보기에도 말도 안 되는 기운이 응축되고 있었다. 그대로 쏘아진다면 행성 고조선이 그대로 산산조각으로 박살 날 수도 있었다.

"크크크! 잘 피해 보아라! 하앗! 육도멸천(六道滅天)!"

콰아아아아아-!

해모수의 여섯 개의 손에서 거대한 붉은 기운이 맹렬하게 소용돌이치며 모든 것을 파괴할 것 같은 위력으로 영웅을 향해 쏘아졌다.

영웅은 엄청난 풍압과 함께 자신을 향해 날아오는 붉은 기운을 태연하게 바라보다가 오른손을 살짝 들어 올렸다.

그러자 영웅을 향해 맹렬하게 날아가던 기운이 위쪽으로 방향을 틀더니 빙글빙글 돌면서 하늘 위로 솟구쳤다.

휘이이이잉-!

멀리서 보면 붉은 용 한 마리가 하늘 위로 승천하는 것 같았다.

"뭐야! 그렇게 쉽게 방향을 틀어서 다른 곳으로 날려 버리면 내가 허무해지잖아!"

자신의 기술이 먹히지 않았음에도 해모수는 그럴 줄 알았다는 표정으로 다시 활짝 미소를 지으며 여섯 개의 팔을 사방으로 쫙 펼쳤다.

"이것도 피해 봐라! 하앗! 육도만천파(六道滿天破)!"

해모수가 자신의 여섯 개의 팔을 한곳으로 모으더니 또다시 엄청난 양의 기운을 응축하기 시작했다.

그리고 그대로 거대한 에너지파를 영웅에게 발사했다.

쿠아아앙-!

쿠콰콰콰콰쾅-!

쿠르르르−!

해모수의 육도만천파는 그대로 영웅이 있는 곳에 직격했고, 엄청난 위력으로 인해 저 멀리 지평선까지 이어지는 거대한 도랑을 만들어 냈다. 그는 그것을 보고는 하얀 이를 잔뜩 드러내며 웃었다.

"그래도 조금은 충격을 받았겠지?"

방금 그 공격이 먹혔을 것이라 생각하는 해모수였다.

그의 생각처럼 먼지가 걷히자 옷이 너덜너덜해진 영웅이 해모수를 바라보며 서 있었다.

슈팍−!

그 순간 해모수의 몸이 사라지고 순식간에 영웅이 있는 곳으로 이동했다.

슈슈슈슉−!

영웅 앞으로 이동한 해모수가 여섯 개의 팔을 이용해 맹렬하게 공격하기 시작했다.

요리조리 피하던 영웅을 보던 해모수는 순간의 기회를 잡았다.

'지금이다!'

피잉−!

퍼억−!

여섯 개의 팔로 여섯 개의 방위를 막아 낸 뒤에 발을 힘차게 들어 올려 영웅의 턱을 강하게 가격했다.

'됐다!'

가격당한 영웅의 신체가 하늘 위로 높게 솟구쳤다.

이제 자신의 공격이 먹히기 시작했다고 생각한 해모수는 신이 난 표정으로 공중으로 솟구친 영웅을 향해 다시 몸을 움직였다.

"크크크! 이제부터 네놈에게 반격의 기회는 없을 것이다! 아수라섬전격(阿修羅閃電擊)!"

슈파파팍-!

순간 해모수의 여섯 개의 팔이 사라졌다.

그리고 허공에 떠 있는 영웅의 몸에 수백 개가 넘는 주먹 모양이 새겨졌다.

퍼퍼퍼퍼퍼퍽-!

영웅의 몸에서 엄청난 먼지가 일어나며 그의 몸이 끝도 없이 두들겨졌다.

아주 멀리서 두 종족은 서로가 상반된 모습으로 이 장면을 보고 있었다.

이들은 떠나는 척하면서 떠나지 않았다.

두 종족은 질서 정연하게 서로 진영을 나눠, 보이지도 않을 듯한 거리에서 지켜보며 응원 중이었다.

거리가 멀어도 이들에게는 선명하게 보였기에 가능한 일이다.

"와아아아! 봤냐! 정신없이 얻어맞고 있는 모습을? 홍익인간족의 왕 따위는 우리 폐하에게 안 된다!"

"크하하하! 속이 다 시원하다! 어떠냐! 네놈들이 그렇게 믿던 왕이 당하는 심정이."

"별거 없었네. 푸하하! 저런 것을 그동안 두려워했다니."

무라트족은 홍익인간족을 바라보며 그들을 놀리기 바빴다.

홍익인간족은 그런 무라트족의 야유에 신경을 쓸 틈이 없었다.

"헉! 폐, 폐하께서!"

"아, 안 돼!"

"폐하! 어, 어서 피하십시오!"

다들 영웅이 일방적으로 얻어맞는 모습에 탄식을 내뱉으며 안절부절못하고 있었다.

그에 풍백이 버럭 소리쳤다.

"모두 입 닥쳐! 믿어라! 우리의 폐하시다!"

풍백의 말에 웅성거리는 소리는 이내 사라졌다. 다들 이를 꽉 다물고 영웅을 지켜보았다.

'폐하, 소신은 폐하를 믿사옵니다!'

속으로 영웅을 응원하며 주먹을 불끈 쥐는 풍백이었다.

한편, 거침없이 영웅을 난타하던 해모수는 무언가 이질적인 기분이 들었다.

분명 타격이 제대로 들어가고 있는데 느낌은 그게 아니었다.

뭔가 부족한 기분이 계속 들고 있었다.

'뭐지? 분명히 내가 압도하고 있는데, 이 찝찝한 기분은 뭐지?'

해모수는 이내 고개를 흔들며 자신의 기운을 극한까지 끌어올려 더더욱 강하고 빠르게 영웅을 난타하기 시작했다.

퍼퍼퍼퍼퍽-!

"이제 때리기도 지친다! 그만 끝내자! 하앗! 아수라멸혼파(阿修羅滅魂波)!"

키에에에엑-!

소름 끼치는 소리와 함께 해모수의 몸 주변으로 회색빛 기운들이 일렁이더니, 이내 거대한 아수라의 형상이 구름 위에서 모습을 드러냈다.

그리고 거대한 아수라의 이마에서 세 번째 눈이 번쩍 떠지며 영웅이 있는 곳을 향해 붉은빛의 광선을 쏘아 냈다.

쯔아아앙-!

"모든 것을 무(無)로 되돌리는 광선이다! 이대로 소멸해 버려라!"

해모수가 영웅을 바라보며 승리를 확신하는 표정으로 외쳤다.

그때 영웅이 천천히 고개를 들어 자신을 향해 광선을 발사한 아수라의 형상을 바라보았다.

그리고 주먹을 움켜쥐었다.

웅웅웅웅-!

영웅의 주먹에서 공명음이 들려왔고, 이내 영웅은 자신의 주먹을 아수라의 형상을 향해 내질렀다.

파앙-!

맑고 고운 파공음과 함께 영웅을 향해 날아오던 광선이 순식간에 소멸하며 아수라의 형상 얼굴 절반이 날아갔다.

"아닛!"

해모수가 그 광경을 보고 경악하며 영웅과 아수라의 형상을 번갈아 바라보았다.

"뭐, 뭐야? 그렇게 맞고도 아직 저런 힘이 남아 있다고?"

해모수의 외침에 영웅이 피식 웃으며 말했다.

"맞긴 뭘 맞아. 네가 때린 것은 단 한 대도 나에게 피해를 주지 못했어. 그런 주먹으로 용케 우주 최강이라고 외치고 다녔네?"

"뭐? 거, 거짓말하지 마라!"

해모수의 말에 영웅이 목을 이리저리 돌리며 말했다.

"그래도 뭐 여기저기 잘 때려 줘서 찌뿌둥한 것은 많이 사라졌네. 안마 쪽으로 나가 봐라. 너는 그쪽에 소질이 있다."

"지, 지금 이 아수라의 힘을 마사지에 비교한 것이냐! 이놈! 허세도 정도껏⋯⋯."

후웅-!

분노한 해모수가 뭐라 말을 하려던 그 순간, 해모수는 느꼈다.

자신이 가진 힘과는 비교도 되지 않는 엄청난 힘을 말이다.

그 힘이 자신의 몸을 스치고 지나갔고, 해모수는 그 자리에서 굳어 버렸다.

해모수가 천천히 고개를 들어 영웅을 바라보았다.

"어때? 이번엔 내 차례인 것 같아서 기운을 개방해 봤는데. 나쁘지 않지? 자, 그럼 받은 것이 있으니 이제 돌려줘야겠지?"

"이, 이게 뭐냐? 이, 이런 힘은⋯⋯. 이런 기운은 바, 반칙이다!"

"그렇게 말하지 마. 마음 약해지려고 하잖아."

퍼억-!

어느새 다가온 영웅이 해모수의 복부에 주먹을 꽂아 넣었다.

"끄어억!"

해모수의 얼굴 쪽 혈관들이 팽창하여 솟아올랐다. 눈이 튀어나올 것 같은 표정을 지으며 그는 괴로워했다.

맹세코 지금까지 이런 고통을 느껴 본 적이 없는 해모수였다.

뭐라 말을 하고 싶은데 말이 나오지 않았다.

움직여서 반격해야 하는데 몸이 말을 듣지 않았다.

쩌억-!

복부를 때린 영웅의 손이 그대로 올라오면서 팔꿈치로 해모수의 턱을 가격했고, 그대로 한 바퀴 돌면서 왼쪽 팔로 공중으로 떠오른 해모수의 다리에 걸었다.

그러자 해모수의 몸이 빙글 돌면서 머리가 바닥 쪽으로 향했고 내려온 머리를 뒤돌려 차기로 날려 버리는 영웅이었다.

쩌억-!

쿠당탕탕탕-!

볼썽사나운 모습으로 바닥을 구르며 한참을 튕겨 나가는 해모수.

그런 그를 다시 순간 이동으로 따라가 올려 차기로 하늘 높이 쳐 올렸다.

퍼억-!

다시 하늘 위로 올라가는 그를 향해, 영웅이 양손을 허리쪽으로 가져간 뒤에 해모수가 떠 있는 곳을 향해 정권을 내질렀다.

한 발, 두 발, 세 발.

그리고 눈에 보이지도 않을 속도로 맹렬하게 해모수를 타격하기 시작했다.

퓨퓨퓨퓨퓻-!

퍼퍼퍼퍽-!

신기하게도 그렇게 맞고 있음에도 그 자리에 고정되어 있는 해모수였다.

"끄아아아악!"

해모수가 고통의 비명을 지르자 영웅이 미소를 지으며 말했다.

"그래도 최종 보스라고 맷집이 세네. 다른 놈들이었으면 처음 한 방에 기절하거나 해롱거리고 있을 텐데."

퍼퍼퍼퍽- 쩌정-!

"어?"

영웅은 열심히 손맛을 보다가 뭔가 이질적인 기운에 주먹질을 멈췄다.

해모수가 자신의 몸 주변에 배리어를 치고 반쯤 감긴 눈으로 영웅을 바라보았다.

"끄륵, 너, 너는……. 끄륵……. 정말로 강하구나."

"이제 인정해 주는 거야? 고마워."

"끄륵, 내, 내 안에……. 끄륵, ……다."

"뭐?"

2장

작은 목소리로 중얼거리는 탓에 제대로 듣지 못한 영웅이 되묻자, 해모수의 입에서 좀 더 명확한 단어들이 새어 나왔다.

"내…… . 내 안에는 카, 카오스가 있다…… ."

"이건 또 무슨 소리야."

"끄륵, 나, 나는 호, 혼돈의 신…… 끄륵, 카오스다…… ."

꿈틀꿈틀-!

해모수의 몸이 꿀렁거리기 시작했다.

"끄륵, 네놈은 강하구나…… . 끄륵. 내가 직접…… . 상대를 해 주…… . 잠시만 기다……려라."

그오오오오-!

해모수의 몸은 점점 변해 갔다.

하늘에는 붉은 구름이 몰려왔고, 모인 구름은 뭔가 특이한 형상을 한 원을 만들었다. 이내 구름에 특이한 문양들이 새겨지며 빛을 발하기 시작했다.

빛들이 곧 서로를 연결하자 육망성의 모습이 만들어졌다.

육망성이 완성되자 그곳에서 나오는 빛이 해모수를 비추었고 해모수의 몸에서 무언가가 빠져나오기 시작했다.

그것은 순수한 악이었다.

그리고 또한 우주의 기원이었다.

칠흑 같은 어둠으로 이루어진 거대한 형상이 이내 모습을 드러내자, 저 멀리 있던 무라트족과 홍익인간족 모두가 공포에 부들부들 떨기 시작했다.

우주에 존재하는 생명체라면 누구라도 이 순수한 악 앞에서 저런 반응을 보일 수밖에 없을 것이다.

심지어 이들은 저것의 정체가 무엇인지 알고 있었다.

"혼돈의 신……. 순수 악(惡), 카오스(Chaos)……."

"저, 저것이 왜…… 저, 저분의 몸에?"

풍백이 덜덜 떨리는 몸을 간신히 돌려 무라트족장 스필반을 바라보았다.

"그, 그대는 알았나? 저분의 몸속에 저런 것이 있는지?"

풍백의 말에 스필반 역시 덜덜 떨리는 몸으로 간신히 고개를 저으며 말했다.

"모, 몰랐다. 지, 지금 생각해 보니…… 우리가 저분에게 마음이 갔던 이유는…… 카오스가 우리를 이끈 것이구나."

"그대 부족과 우리를 이간질하게 한 것도?"

"빌어먹을……."

극한의 공포로 인해 그동안 머릿속을 흐리게 만들었던 무언가가 날아간 기분이었다.

떨리는 몸과 달리 상쾌해진 머릿속에선 그동안 자신들에게 있었던 일들이 파노라마처럼 지나가고 있었다.

풍백 역시 무언가를 깨달은 듯 고개를 번쩍 들고는 말을 더듬었다.

"초, 초대 환웅이 폭주한 이유가 혹시……."

아닐 것이다.

아니어야 했다.

하지만 그간의 일들을 종합해 보면 이상한 일들이 한둘이 아니었다.

서로가 상부상조하며 평화롭게 지내던 두 부족이 갑자기 틀어진 것도 그렇고, 2대 환웅이 무라트족의 왕이 된 것도 그렇고.

풍백은 끝도 없이 밀려오는 생각에 그만 그 자리에 주저앉고 말았다.

그 누구도 주저앉은 풍백을 챙길 생각을 하지 못했다.

모든 이가 공포에 떤 채로 몽실거리며 모습을 만들어 가는 카오스를 바라보고 있었으니까.

하지만 영웅은 아니었다.

"저게 진짜 최종 보스라는 거지?"

처음으로 영웅은 자신이 가진 모든 기운을 끌어모으기 시작했다.

고오오오─!

그리고 홍익인간족에게 배운 기술.

진각성초인권을 사용했다.

그 순간 영웅의 모든 힘이 배의 배수로 강해졌다. 영웅은 그 힘을 모조리 자신의 손에 집중시켰다.

어느새 영웅의 손에는 보기만 해도 포근하고 축복이 내릴 것 같은 성스러운 기운이 모였다.

"크하하! 드디어 세상에 내가……. 꾸엑!"

파앙─!

태초의 악마가 제 모습을 갖추고 입을 열려고 하는 그 순간, 속이 뻥 뚫릴 것 같은 파공음이 들려왔다.

칠흑 같은 어둠으로 만들어진 거대한 태초의 악마가 순식간에 소멸해 버렸다.

푸학─!

영웅이 날린 주먹은 태초의 악마를 소멸시켜 버렸을 뿐 아니라, 하늘을 덮고 있는 붉은 구름까지 모조리 걷어 버렸다.

어느새 하늘은 언제 그랬냐는 듯이 맑고 청명하게 바뀌

었다.

영웅은 황당한 표정으로 조금 전까지 엄청난 존재감을 뿜어내던 카오스가 있던 장소를 바라보았다.

"뭐야? 왜 한 방인데?"

어이없는 표정으로 자신의 주먹을 바라보는 영웅이었다.

엄청 강할 것 같은 기운을 풍기며 모습을 드러내기에 자신도 나름 힘을 끌어모아 내질렀다.

그런 영웅의 모습에 무라트족과 홍익인간족 모두가 눈이 빠질 듯한 모습으로 경악하고 있었다.

어찌나 놀랐는지 턱이 빠질 것같이 벌어졌고, 입에서 침이 줄줄 새는데도 그 누구도 닦을 생각을 하지 못했다.

"카, 카오스가……. 하, 한 방?"

"우, 우주…… 호, 혼돈의 신이 한 방이라고?"

"카, 카오스는 무(無)나 다름없는 존재인데? 그, 그것을 파괴했다고? 그, 그것도 주, 주먹 한 방으로?"

"도, 도대체 저, 정체가 뭐, 뭐야?"

무라트족은 영웅을 보며 경악과 두려움, 좌절감을 느끼고 있었다.

반면, 똑같이 이 엄청난 광경에 입을 다물지 못하고 있던 홍익인간족의 표정은 환희로 변해 갔다.

"여, 역시! 우, 우리의 폐하시다!"

"폐하! 신은 믿었사옵니다!"

"와아아아! 3대 환웅이시여!"

홍익인간족은 눈물을 흘리며 영웅의 엄청난 모습에 감격했다.

영웅이 강하다는 것은 알고 있었다.

하지만 이렇게 압도적으로 강할 것이라고는 생각하지 못했다.

빛이 찬란하게 비추는 중심에 홀로 서 있는 영웅을 멀리서 바라보던 홍익인간족.

풍백을 시작으로 하나둘씩 경외감 가득한 눈으로 영웅을 향해 엎드리기 시작했다.

반면, 아까보다 더한 공포에 자리에 주저앉는 무라트족이 속출하기 시작했다.

이곳으로 올 때까지만 해도 자신이 있었다.

자신들의 왕이 우주에서 제일 강하다는 자신감.

지금은 얼마나 허무맹랑한 자신감이었는지 아주 절실히 깨닫고 있었다.

두 종족이 영웅을 상반된 감정으로 바라보고 있을 때.

영웅은 하늘을 향해 뛰어올라 무언가를 살포시 안아 천천히 하강했다.

몸에서 카오스가 빠져나가며 탈진한 해모수가 천천히 바닥으로 떨어지고 있었고, 영웅이 그것을 받아 낸 것.

영웅은 해모수를 조심히 안아 바닥에 내려놓았다.

그때 해모수가 힘겹게 눈을 뜨고 영웅을 바라보았다.

"고……맙다……. 덕분에…… 나는 이제야 홀가분……하게 온전한 나로 죽을 수 있게 되었다."

"죽기는 누가 죽는다고 그래."

"크큭. 나, 나는…… 네가 마음에 들었다. 오, 오랜 친구를…… 만난다면…… 이런 기분일까? 하는 생각도 들었지."

영웅은 가만히 해모수의 말을 들어 주었다.

"다, 다시 태어나면…… 그대의 친구로 태어나고 싶다."

이제 생명이 다해 가는지 점점 목소리가 작아지는 해모수였다.

"우린 친구다."

"크크큭……. 고, 고맙다."

마지막 말을 남기고 힘겹게 고개를 떨구는 해모수.

그 순간 영웅이 무언가를 중얼거렸다.

"퍼펙트 리스토어."

영웅은 그동안 자신이 사용하던 리스토어를 극대화하여 해모수에게 걸었다.

카오스의 봉인이 풀리면서 대부분의 생명력을 흡수당했고, 그런 해모수를 원상태로 돌리기 위해서는 평범한 기운으로는 힘들다는 판단이었다.

지금의 영웅은 진정한 신의 반열에 올라 있었고 그 덕에 어렵지 않게 완벽한 리스토어를 시전할 수 있게 되었다.

영웅의 기운이 해모수의 몸에 흡수되자, 거무튀튀하게 변해 가던 피부에 점차 핏기가 돌았다.

이내 완전히 꺼져 버린 생명력이 차오르면서 만신창이가된 몸도 정상으로 돌아오기 시작했다.

찬란하고 성스러운 기운들이 해모수의 몸에 있는 모든 구멍에서 환하게 새어 나왔다.

이내 그의 몸이 공중으로 떠올랐다가 다시 천천히 바닥으로 내려왔다.

완전히 바닥에 눕혀지자 빛은 사라졌고 해모수의 눈이 번쩍 떠졌다.

벌떡-!

"헉!"

해모수가 뭔가에 놀란 표정으로 주변을 두리번거리다가영웅과 눈이 마주쳤다.

"뭐, 뭔가? 자네도 죽었나?"

해모수의 물음에 영웅이 피식 웃으며 고개를 저었다.

"그럼? 설마…… 자네가 나를 살렸는가?"

영웅은 고개를 끄덕였다.

"어떻게?"

해모수의 물음에 영웅은 자신의 손에 리스토어의 기운을모아서 보여 주었다.

"이, 이건……. 홍익인간족의 창조의 기운?"

해모수의 말에 영웅이 고개를 갸웃거렸다.

"창조의 기운이라고? 이게?"

"몰랐나?"

"당연하지. 이건 내가 예전부터 사용하던 기술인데 갑자기 창조의 기운이라고 하니 놀랐어."

영웅의 말에 해모수가 놀란 얼굴을 하다가 이내 피식 웃으며 말했다.

"그렇군. 자네는 이미 선택받은 상태였었군."

해모수는 고개를 끄덕였다.

강제로 왕의 자리에 앉혀져 고통을 받았던 자신과는 달리 영웅은 정말로 운명에 의해 선택된 진정한 왕이었던 것이다.

"그런가? 하긴, 어느 날 갑자기 강해져서 놀라긴 했었지. 그건 그렇고…… 이제는 독기가 보이지 않네?"

"그런가? 사실 지금처럼 상쾌한 기분을 느껴 본 적이 없다네. 언제나 머릿속에서 울리던 카오스의 목소리가 사라지니 정말 살맛 나는군."

"그놈이 널 항상 괴롭혔나 보지?"

"말도 말게. 홍익인간족의 왕이 되었을 때부터 머릿속에서 끊임없이 나를 괴롭히더군. 아마…… 천부인의 힘을 온전히 흡수하지 못한 이유도 바로 카오스 때문이었겠지."

"애초부터 봉인되어 있었던 것인가?"

"그것은 모르지. 나도 어느 순간부터 힘이 강해졌고 그 덕에 홍익인간족에게 선택을 받았으니. 아마 그때 얻은 힘은 카오스의 힘일 것이라 생각하네."

"그렇군."

"그런 카오스를 한 방에 소멸시키다니……. 나는 아직도 믿기지 않네."

"뭐가 되었든 다 잘되었으니 된 거지."

"그런……."

해모수가 뭐라 말을 하려는 그때 무라트족장이 영웅 앞에 달려와 엎드리며 외쳤다.

"폐하를 살려 주신 은혜 잊지 않겠습니다! 은인이시여!"

"잊지 않겠습니다! 은인이시여!"

어느새 몰려온 무라트족이 일제히 엎드리며 영웅에게 감사 인사를 올리고 있었다.

홍익인간족은 그 옆에서 흐뭇한 미소를 지으며 그것을 바라보았다.

"일단 여기서는 길게 이야기를 할 분위기가 아니군. 자리부터 옮겨서 술 한잔 하면서 대화하세."

해모수의 말에 영웅이 고개를 끄덕였다.

우주는 무한하다.

무한한 우주는 세 등급으로 나뉜다.

수백 개의 은하가 있는 소우주(小宇宙), 그리고 그 소우주가 또 수백 개 존재하는 대우주(大宇宙), 대우주가 수백 개 존재하는 천체우주(天體宇宙).

홍익인간족이 창조를 하고 만들어 가는 우주가 바로 소우주다. 대우주마다 이런 소우주를 창조하는 종족이 존재하고 있었다.

이런 종족들을 관리하는 존재가 있었는데 그 존재를 카오스라 불렀다.

제3천체우주를 관리하는 카오스.

그는 온몸이 검은 연기처럼 너울대는 인간형 몸에 불꽃처럼 일렁이는 눈과 블랙홀 같은 입을 가졌다.

제3천체우주에서 가장 강한 존재.

그 누구도 범접할 수 없는 존재가 바로 그였다.

그는 무료했다.

그래서 각 대우주에 자신의 사념을 보내 분란을 일으키고 종족 간의 전쟁을 보며 즐겼다.

그러던 어느 날.

"어?"

거대한 의자에 앉아 세상 지루한 얼굴로, 거대한 창밖에 보이는 우주를 바라보던 카오스. 그가 뭔가에 놀란 듯 불꽃처럼 보이는 눈을 크게 떴다.

그러자 그 앞에 대기하고 있던 푸른 비늘 모양의 피부를 가진 남자가 고개를 조아리며 물었다.

"로드, 왜 그러십니까?"

"노이즈, 누군가 내 사념체를 소멸시켰어."

"네? 그게 무슨 말씀이신지? 제3천체우주에서 로드의 사념체를 소멸시킬 수 있는 존재는 없습니다."

"아니야. 분명히 소멸했어. 뭐지?"

카오스가 고개를 갸웃거리자 노이즈라 불린 시종이 고개를 숙이며 말했다.

"혹시 다른 천체우주의 존재가 침범한 것은 아닐지요."

"아니야. 다른 천체 놈이었다면 침범하는 즉시 내가 알았을 거야."

"그럼 정말로 이 우주 어딘가에서 로드의 사념체를 누군가가 소멸시켰단 말입니까?"

"어, 그것도 사념체가 제대로 대응하기도 전에 소멸시켰어. 대단한데?"

카오스의 눈이 초롱초롱해지기 시작했다.

"이곳저곳에 사념체를 보내 분란을 일으킨 보람이 있구나. 내 사념체를 소멸시킬 정도면 어느 정도 강하다는 이야기잖아. 안 그래?"

"어느 정도가 아니라 이 우주에서 카오스님과 저를 제외하고 그를 이길 자가 없을 것입니다."

"크큭, 간만에 흥미가 돋는걸?"

"그런데 어느 지역에서 그런 말도 안 되는 일이 벌어진 것입니까?"

노이즈가 놀란 표정으로 묻자 카오스가 그를 일렁거리는 눈으로 바라보며 말했다.

"그건 이제 네가 찾아내야지."

"네?"

노이즈는 순간 자신이 잘못 들었나 싶어 되물었다.

"네가 찾아야 한다고."

"제, 제가요? 로, 로드의 사념체면 어느 우주에서 소멸되었는지 알 수 있지 않습니까?"

"원래 그래야 하는데 이게 내가 제대로 반응을 하기도 전에 소멸해 버렸어."

"소, 소멸한 사념체를 찾으시면 되지 않습니까."

"에이, 내가 뿌려 놓은 사념체가 몇 개인데. 모르지."

"로드……. 이 넓은 우주에서 그걸 지금 저더러 찾으라고요?"

노이즈가 울상이 된 얼굴로 묻자 카오스의 눈에서 올라오는 불꽃이 더욱더 붉게 변하며 강렬하게 타오르기 시작했다.

"그래서…… 지금 싫다는 거야?"

지금 카오스의 눈에서 타오르는 저 불꽃은 평범한 불꽃이 아니었다.

눈앞에 있는 노이즈를 그 자리에서 소멸시켜 버릴 수 있는 소멸의 불꽃이었다.

카오스의 권능이었다.

소우주, 대우주를 소멸할 수 있는 권능.

다만, 소우주나 대우주를 소멸하려면 그만한 힘을 모아야 하기에 수백 년의 시간 동안 기운만 모아야 한다는 단점이 있었다.

물론, 지금까지 단 한 번도 시도해 본 적은 없었다.

만사가 귀찮은 카오스에게 수백 년 동안 기운을 모아야 한다는 것은 고문이나 다름없는 행동이었다.

마음에 들지 않는 행성은 그저 손짓 한 번으로 사라지게 만들 수 있는데 굳이 귀찮게 우주를 날린단 말인가.

아무튼, 이렇게 너무도 강한 힘 때문에 항상 무료함에 빠져 살던 카오스에게 사념체를 소멸시킨 존재는 아주 강력한 호기심을 불러왔다.

"아, 아닙니다! 지, 지금 당장 알아보겠습니다!"

"그래, 내가 너니까 맡기는 거야. 알았지?"

"가, 감사합니다! 로드!"

⚜

영원할 것 같았던 무라트족과 홍익인간족의 싸움은 해모

수 안에 있던 카오스의 이간질로 인해 벌어졌다는 것을 알고 서로 간의 오해를 풀며 끝이 났다.

무라트족은 홍익인간족의 별인 고조선을 엉망으로 만든 것을 사과했고, 홍익인간족은 그런 무라트족의 사과를 받아들이고 오랫동안 묵혀 두었던 감정을 조금씩 풀어 나갔다.

그리고 자신들의 고향 행성을 원래대로 복원하는 작업을 시작했다.

창조의 종족답게, 순식간에 별은 예전의 그 아름다웠던 행성으로 바뀌어 갔다.

이들이 가장 심혈을 기울여 복원한 것은 바로 왕이 기거할 성이었다.

빛을 받으면 오색찬란하게 색이 변하는 신비의 암석으로 쌓아 올린 벽은, 성을 한층 더 아름답게 만들어 주고 있었다.

왕검성(王儉城).

바로 이 성의 이름이었다.

성안에서 몇 날 며칠 동안 축제가 열렸고 홍익인간족과 무라트족이 서로 어울려 그 축제를 즐겼다.

그리고 영웅과 해모수는 따로 자리를 만들어 대화를 나누었다.

이런저런 이야기를 하다가 술잔에 든 술을 비운 해모수가 입을 닦으며 카오스에 관한 이야기를 꺼냈다.

"자네가 소멸시킨 카오스는 아마도 그의 사념체일 확률이 높네."

"사념체?"

영웅의 물음에 해모수가 고개를 끄덕였다.

"그러지 않고서는 말이 안 되는 일이지."

"카오스라는 게 도대체 뭐지?"

"자네는 이 우주가 얼마나 크다고 생각하나?"

"가늠이 안 되지. 지금도 빛보다 빠른 속도로 확장하고 있을 텐데."

"맞네. 그렇게 확장된 우주에 씨앗을 뿌리는 존재가 바로 혼돈, 카오스네. 혼돈 속에서 행성이 태어나고 우리가 태어나지. 홍익인간족과 무라트족은 카오스의 기운을 이어받아 그가 다스리는 우주에 생명을 창조하고 파괴하며 조화를 이루게 만드는 것이네."

"그런 존재가 왜 너에게 사념체를 넣어 조종했을까?"

"그분의 심중을 내가 어찌 알까. 홍익인간족이 하는 행동 중에 뭔가가 마음에 들지 않았나 보지. 그래서 무라트족을 이용해 멸족시키려 한 것이 아닐까?"

해모수의 말에 영웅은 고개를 저으며 자신의 생각을 말했다.

"그건 아닐걸? 정말로 멸족을 하려 했다면 본인이 직접 손을 썼을 거야. 정말로 그런 엄청난 존재라면 홍익인간족을 소멸시키는 것은 일도 아닐 테니."

"그럼 뭐라고 생각하는가?"

"그에게는 적수가 없겠지?"

"아마도……. 설마? 심심해서 그랬다는 말인가?"

해모수가 눈을 동그랗게 뜨며 묻자 영웅이 술잔을 들어 올리며 고개를 끄덕였다.

"그럴 확률이 매우 높지. 그가 다스리는 우주가 이곳이라면 다른 우주에도 그런 비슷한 존재가 있겠군."

"하하, 그렇겠지. 하지만 카오스가 다스리는 우주는 한두 개가 아니라네."

"무슨 소리지?"

"멀티버스라고 들어 봤나?"

"다중우주?"

"그래, 다중우주라고도 부르지. 소우주가 있고 대우주가 있으며 그것들을 하나로 묶은 천체우주가 있지. 카오스는 그 천체우주를 다스리는 존재일세."

"소우주? 대우주? 천체우주?"

"쉽게 말해서 행정단위라고 보면 되네. 지구에서 흔히 말하는 행정구역 같은 표현이라고 이해하면 될 거야. 소우주는 군이나 시라고 치고 대우주는 도, 천체우주는 국가라고 보면 돼."

"그럼 카오스는 국가를 다스리는 왕이라고 보면 되나?"

"정답. 그리 생각하면 되지. 우리는 그 왕국에 사는 백성들이고."

쪼르륵-!

해모수는 영웅의 빈 잔을 채워 주며 계속 이야기했다.

"홍익인간족은 대우주 안에 존재하는 수많은 소우주에 생명을 창조하는 일을 하지."

홀짝-!

해모수가 따라 준 술을 단숨에 마신 영웅이 잔을 내려놓으며 말했다.

"궁금한 것이 있는데 홍익인간족이 창조한 세계는 전부 연결되어 있는 건가?"

"후후, 내가 아까 멀티버스라고 했지? 그러하다네. 전부 연결되어 있지. 대우주 안에 있는 소우주에 자네가 사는 지구와 같은 세상에 수천, 수만 개가 존재하네. 그것을 평행우주라고 부르지."

"일부러 그렇게 만든 것인가?"

"그렇지. 그래야 조화가 이루어지니까. 더 재밌는 것을 알려 줄까? 다른 대우주에는 또 다른 홍익인간족과 무라트족이 존재하고 있을 걸세. 그곳에는 또 다른 나도 존재하고 있겠지."

"그럼 다른 대우주라는 곳에 존재하는 또 다른 나는 나처럼 강할까?"

"그건 모르지. 또 다른 대우주에선 자네가 내 역할을 하고

있을 수도 있고 아니면 그저 평범한 모습으로 일상을 살아갈
수도 있지. 그것은 모르는 일일세."

"궁금하긴 하군. 다른 우주는 어떨지."

영웅은 해모수의 설명을 들으며 또 다른 우주에 대한 호기
심을 느꼈다.

그런 영웅의 모습에 해모수가 호탕하게 웃으며 말했다.

"하하, 그곳에서도 자네를 능가하는 강자는 없을 거야. 이
건 내가 확실하게 말할 수 있을 것 같군."

"어찌 그렇게 생각하지?"

"카오스의 사념체를 일격에 소멸시키는 존재는 존재하지
않거든. 그런 존재는 카오스급의 힘을 가지고 있어야 가능한
일이야."

"급이라……. 그럼 더 상위 존재도 있는 것인가?"

"코스모스님이 계시지. 그분은 우주 그 자체. 우주의 본질
이자 질서. 그분은 존재하되 존재하지 않는다고 보면 된다.
진정한 신이라고 생각하면 될 거야. 실물로 만날 수 있는 존
재는 카오스가 끝이고 또 실질적으로 우주 최강자는 그들이
라고 보면 되지. 코스모스님은 한번 만든 우주에는 전혀 관
심을 가지시지 않으니까."

"그렇군. 그럼 카오스는 자신의 사념체가 사라진 것을 알
고 있을까?"

"그럴걸."

"그럼 심심해하던 카오스가 할 다음 행동은 뭘까?"

"사념체를 소멸시킨 존재를 확인하러 오겠……."

쨍그랑—!

해모수가 말을 하다 말고 잔을 놓치며 멍한 얼굴로 영웅을 바라보았다.

"설마……. 올까?"

해모수의 물음에 영웅이 피식 웃으며 물었다.

"자네라면 어떨 것 같은데? 자네의 분신을 한 방에 소멸시킨 존재가 궁금하지 않을까?"

"구, 궁금하겠지."

"그럼 뭐, 카오스라는 자도 궁금하겠지. 그런데 의외로 곧바로 안 오네."

"제발 안 오길 빌게! 그, 그분이 오면……. 그건 정말로 재앙이네!"

두려움에 젖은 해모수를 뒤로하고 하늘 위에 반짝이는 별을 바라보며 술잔을 들어 올리는 영웅이었다.

정말로 오랜만에 지구로 돌아온 영웅.

제일 먼저 무신천의 사람들을 불러 그들과 간단한 식사를 하며 이야기를 나눴다.

"그동안 별일 없었지?"

영웅의 물음에 연준혁이 고개를 끄덕이며 대답했다.

"사소한 것들은 몇 개 있지만 그걸 제외하면 큰일은 없었습니다."

"사소한 것?"

"아, 이건 저희 문제라기보단 주군의 집안 문제라고 보는 것이 더 맞겠군요."

"우리 집안? 어디? 천강?"

연준혁이 고개를 끄덕였고 옆에 있던 한지우가 이어서 설명을 시작했다.

"최근 천강에서 엄청난 사냥터를 발견했습니다. 어찌 된 일인지 그곳에서 나오는 아이템들이 하나같이 엄청난 값어치를 하는 것들뿐이라 한바탕 난리가 났었습니다."

"그런데?"

"문제는 다른 곳에서 그것을 가만히 두고 보지 않았다는 것이죠. 그 사냥터를 차지하기 위해 많은 거대기업이 천강에 압박을 주는 중입니다."

"그걸 지켜만 봤고?"

영웅의 물음에 한지우가 고개를 끄덕이며 말했다.

"회장님 성격 아시지 않습니까. 제가 돕겠다고 나선다고 그걸 받아들이실 분도 아니시고. 오히려 제가 돕겠다고 나서면 회장님께서는 자존심에 큰 상처를 입으실 것입니다."

한지우의 말을 듣고 생각해 보니 자신의 아버지 성격은 정말로 그랬다.

다른 이에게 손을 벌리는 것을 극도로 싫어하는 성격.

그 성격을 바탕으로 지금의 천강이 만들어진 것.

한지우의 설명에 영웅이 크게 한숨을 쉬고는 고개를 저었다.

"하긴, 네가 돕겠다고 나섰다면 정말로 자존심에 큰 상처를 받으셨겠지. 거기에 네 말을 거절할 수 없는 자신에게 크게 실망하셨을 테고."

"맞습니다. 대신, 보이지 않는 곳에서 천강을 도왔습니다. 천강을 압박하는 기업들의 주가를 요동치게 해서 관심을 다른 곳으로 돌리게 하는 식으로 말입니다."

"잘했다. 아무래도 내가 전면에 나서는 수밖에 없겠네. 그렇지?"

"맞습니다! 도련님이 돕겠다고 나서신다면 회장님께서 오히려 크게 기뻐하실 것입니다."

한지우의 말에 영웅이 고개를 크게 끄덕이며 말했다.

"좋아! 그럼 그 사냥터라는 곳으로 가 보자."

───

"그게 무슨 말도 안 되는 억지요! 웜홀 입구 근처는 먼저 선점하는 곳이 주인이라는 규정이 있는데 그런 억지를 부리는 거요?"

"이곳은 특별한 경우지 않소?"

"맞소! 세상의 질서를 위해서라도 이곳은 공용으로 다스리는 것이 맞는 이야기요!"

"그럼 지금까지 그대들이 선점했던 사냥터들도 전부 공용으로 돌리시오!"

"그거와 이건 다르지 않소!"

강백현이 목에 핏대를 세우고는 세계 다국적 기업들의 총수들과 언성을 높이고 있었다.

다국적 기업들이 원하는 것은 단 하나.

이 사냥터를 공용으로 사용하자는 것이었다.

당연히 천강에서는 크게 반발했다.

웜홀 입구를 관리하는 기업이나 길드가 입구 근처의 사냥터를 선점하고 그곳의 주인이 되는 것이 상식이고 규칙이었다.

사실 웜홀을 관리하는 것에는 큰 비용이 들어간다. 그것은 국가에서 다 관리하기엔 천문학적인 금액이 들어가기에 이렇게 권한을 주고 민간에게 맡기는 것이었다.

민간은 웜홀을 관리해 주는 대신에, 입구 근처를 선점할 수 있는 권리를 받게 되는 것이었다.

웜홀 입구 근처를 노리는 이유는 하나였다.

그곳이 가장 뛰어난 사냥터일 확률이 높으니까.

복불복이긴 하지만 그래도 열에 다섯은 질 높은 사냥터가 존재했다.

그것은 상위 웜홀로 갈수록 더 높아졌고, 그중 초대박이라 불리는 사냥터를 천강에서 얻은 것이었다.

몬스터들이 쏟아 내는 엄청난 양의 아이템도 아이템이지만, 잡는 족족 나오는 가드륨이 가장 큰 이유였다.

가드륨은 희박한 확률도 떨어지기에 많은 헌터가 밤낮을 가리지 않고 그것을 얻기 위해 사냥을 한다.

그런데 이곳은 아니었다.

한 마리만 잡아도 가드륨이 확정적으로 떨어졌다.

물론 천강에서는 이것을 철저하게 비밀로 감추었다.

이 사실이 새어 나가면 골치 아픈 일이 벌어질 것이라 짐작했으니까.

하지만 완벽한 것은 없다던가?

헌터 중 하나가 몰래 가드륨을 팔다가 적발되었고, 그가 조사를 받는 과정에 모든 것을 실토한 것이다.

천강이 이번에 얻은 사냥터에서 가드륨이 끝도 없이 나온다는 사실을 말이다.

이것은 곧 기사로 온 세상에 알려졌고 한국뿐 아니라 전 세계가 들썩였다.

저게 사실이라면 천강 그룹이 세계 1위 기업이 되는 것은 시간문제였다. 더욱이 저 엄청난 채굴력을 바탕으로 가격 싸움에 들어간다면 이길 수 있는 기업이 하나도 없었기 때문에 더 문제가 되었다.

천강에서는 가드륨의 가격을 내리는 일은 없을 것이라 못박았지만, 그것을 믿는 곳이 얼마나 될까.

당연히 모든 곳에서 달려와 그 사냥터를 세계 공용으로 만들어야 한다고 주장하게 된 것이다.

문제는 천강은 혼자였다는 것이었다.

"이보게, 강 회장. 이 많은 기업과 길드 들을 적으로 두고 싸울 수 있겠나? 그게 곧 천강이 망하는 지름길일 텐데."

"지금 협박하는 것이오?"

"어허, 협박이라니. 사람 참. 걱정돼서 하는 말이네, 걱정돼서. 그래도 같은 나라에서 기업을 하는 처지니 이렇게라도 조언해 주는 것이 아닌가."

"칠성 그룹 회장님께서 언제부터 우리 기업을 그렇게 챙기셨습니까!"

"지금 나한테 대드는 것인가?"

"네! 대드는 것입니다! 어쩌시겠습니까! 우리는 이곳을 절대 포기 못 하니 그리 알고 계십시오!"

강백현은 그리 말하고는 웜홀 내에 있는 협정 건물에서 나와 버렸다.

협정 건물은 웜홀 내에 분쟁이 일어나면 이곳으로 와 서

로 간의 의견을 조율하고 협상을 하기 위해 만들어진 공간
이었다.

당연히 이곳에서 싸우는 것은 금물이었다. 그런 일이 일어
나게 되면 그 당사자들은 세계 각성자 협회의 적이 되어 잡
혀가 각성자의 능력을 상실당하거나 아니면 평생을 쫓겨 다
니게 된다.

강백현이 협정 건물에서 나가자 그 안에 있던 수많은 기업
의 총수들과 길드장들이 인상을 구겼다.

"저런 건방진!"

"천강이 언제부터 저렇게 기고만장하게 되었는지 원."

"저렇게 기고만장하니 무신 그룹을 만든 한 회장 같은 인
재도 못 알아봤지."

"한 회장은 뭐라고 합디까?"

"옛정이라도 있는지 자신들은 관여하지 않겠다고 하더군
요."

"쯧쯧. 그 사람도 더 크기는 힘들겠군요. 그렇게 마음이
여려서 무슨 사업을 한다고."

한편, 밖으로 나온 강백현은 분한 마음에 여전히 씩씩거리
며 사냥터로 이동하고 있었다.

옆에선 첫째 아들이자 부사장인 강영민이 걱정 가득한 얼
굴로 따르고 있었다.

"영민이 너는 어찌 생각하느냐?"

강영민은 아버지의 갑작스러운 질문에 입술을 꽉 깨물며 답했다.

"당연히 안 될 말이지요. 이건 각성자 협회에서 나서야 하는 것 아닙니까?"

"내가 나서지 말라고 했다."

"네? 왜 그러셨습니까?"

"두려웠다."

강백현이 두려웠다는 말을 하자 강영민의 표정이 굳었다.

"혹시라도 각성자 협회에서 저들의 손을 들어 주면 어쩌나 하는 두려움. 그래서 내가 그들의 중재를 거부했다."

강영민은 아버지의 말에 이해한다는 표정으로 고개를 끄덕였다.

"요즘은 세상에 믿을 사람 하나 없다는 말을 실감하는 하루하루입니다. 아버지가 그런 선택을 하신 것도 이해가 갑니다."

그랬다.

이 둘이 요즘 느끼는 감정은 정말로 세상에 믿을 놈 하나 없다는 것이었다.

"저들은 쉽게 물러서지 않을 겁니다."

"하아……."

강백현은 저 멀리 보이는 사냥터를 바라보며 한숨을 쉬었다. 저 사냥터를 얻었을 때만 해도 세상을 다 가진 기분이었는데 이런 상황이 되다니.

그렇다고 포기할 수도, 마냥 버티고 있을 수도 없는 노릇이었다.

그렇게 강백현은 연신 한숨을 쉬며 사냥터에 들어갔다.

그때, 반가운 얼굴을 발견한 그가 간만에 미소를 지으며 달려갔다.

"영웅아!"

한걸음에 달려가 영웅의 손을 잡고는 물었다.

"아니, 네가 여기는 어떻게 알고 왔어? 아…… 너도 이쪽 계통에서 일하고 있으니 소문을 들은 것이냐?"

강백현의 말에 영웅이 미소를 지으며 고개를 살짝 끄덕였다.

"하아, 너까지 신경을 쓰게 만들다니……. 미안하구나."

"아닙니다. 가족 일인데 신경 써야죠."

가족.

강백현은 순간 울컥했다.

아들의 저 한마디가 그의 심금을 울린 것이다.

그동안 겪은 마음고생으로 인해 감정 변화가 심해진 탓일 수도 있었다.

강백현은 순간적으로 올라온 감정을 추스르고 영웅을 바라보았다.

한때 아픈 손가락이었던 아들이다.

그랬던 아들이 정신을 차리고 이렇게 훌륭하게 자랐다.

"녀석, 고맙다."

강백현의 말에 모든 것이 담겨 있었고, 그 말을 들은 영웅은 미소를 지었다.

"어떤 놈들이 우리 아버지를 이렇게 힘들게 만들었습니까? 제가 혼내 드리죠."

영웅의 말에 강백현은 잠시 멍하니 그를 바라보다가 이내 호탕하게 웃었다.

"하하하하! 녀석, 이 아비를 웃게 만드는구나! 하하하!"

정말로 기분 좋게 웃은 강백현은 영웅의 어깨를 부드럽게 잡으며 말했다.

"든든하구나. 하하, 우리 아들이 언제 이렇게 컸을꼬."

정말로 대견하다는 표정으로 바라보는 그에게 영웅이 고개를 저으며 말했다.

"진심입니다. 어찌 혼내 드릴까요? 말씀만 하세요. 웜홀 속에 아주 못 들어오게 만들어 드릴까요? 아님, 그들에게 속해 있는 각성자들을 모조리 못 움직이게 만들어 드릴까요?"

너무도 진지하게 말하는 영웅의 모습에 강백현은 농담이 아님을 깨달았다.

"너, 설마⋯⋯. 진심으로 하는 말이냐?"

"그렇습니다. 진심입니다."

"아니……. 네가 무슨 힘이 있어서……."

강백현의 말에 영웅이 진한 미소를 지으며 말했다.

"죄송합니다. 그동안 저 자신을 숨기고 살아왔는데 이젠 안 되겠네요. 사실 무신 그룹 제 겁니다."

영웅의 말에 강백현과 강영민이 서로를 바라보며 이게 무슨 말이냐는 표정을 지었다.

그리고 다시 영웅을 향해 고개를 돌리며 물었다.

"그, 그게 무슨 말이냐? 어디가 네 거라고?"

"그래! 무, 무신 그룹이 네 거라고?"

둘의 물음에 영웅이 고개를 끄덕였다.

"예. 한 비서가 회장이 된 이유. 대충 짐작되시죠?"

영웅의 말에 둘은 머리에 뭔가가 관통하는 기분과 함께 눈을 크게 떴다.

"서, 설마? 네가 그 자리에 앉힌 것이냐? 왜?"

"귀찮아서요."

"뭐가?"

"회장 자리가요."

"그, 그런…….'

강백현과 강영민은 영웅의 말에 큰 충격을 받았다.

무신 그룹이 어떤 곳인가.

지금 재계에서 가장 뜨거운 감자가 바로 무신 그룹이었다.

엄청난 속도로 회사를 키워 가더니, 지금은 세계 1~2위를 다투는 초거대 기업으로 성장한 곳이다.

그래서 다들 천강 그룹을 안쓰럽게 바라보곤 했다.

무신 그룹을 만든 초천재, 한지우를 놓쳤다는 이유였다.

그런데 지금 그 모든 것의 뒤에 자기 아들이 있었다는 말을 들은 것이다.

강백현과 강영민은 너무 놀랐는지 말도 못 하고 멍하니 영웅만 바라보고 있었다.

이것을 믿어야 할지 말아야 할지조차 감이 잡히지 않은 듯했다.

하지만 영웅의 진지한 눈을 보니 거짓은 아닌 것 같아서 더 혼란스러웠다.

"사실이구나……."

강백현은 결국 영웅의 말이 사실임을 인정했다.

'무신 그룹의 주인이 영웅이었다니……. 이런 아이한테 계열사를 주네 마네 하고 있었으니 얼마나 우스웠을꼬.'

순간 부끄러움이 올라와 얼굴이 화끈거렸다.

그러는 한편으로는, 너무나도 잘난 자식을 보는 부모의 기쁨이 넘쳐흐르고 있었다.

"허허, 이것 참. 내 아들이 얼마나 올라가나 두고 보려고 했는데 이미 이 아비를 한참 전에 제치고 올라간 뒤였구나."

"죄송합니다."

"그것도 그거지만 너도 참 대단하다. 남들은 나서서 자랑

할 일을 그렇게 꼭꼭 숨기고 있었다니. 그것도 귀찮다고 회장직을 다른 이에게 넘기고 말이다."

"사실 저는 계기만 주었을 뿐입니다. 무신 그룹을 저렇게 키운 것은 온전히 한지우 회장의 힘입니다."

"그게 정말이냐? 허어. 정말로 내 손안에 있던 보물을 못 알아본 셈이구나."

"그 보물을 사랑하는 아들에게 주었다고 생각하시지요."

"뭐라? 하하하! 그래! 그렇게 생각하니 마음이 편하구나!"

강백현은 처음과는 달리 속 시원한 듯 웃었다.

그리고 이내 웃음을 멈추고 영웅을 바라보았다.

"무신 그룹이 우리를 돕는다면 큰 힘이 되겠구나. 다만, 우리가 상대해야 할 자들은 만만한 자들이 아니다. 결코, 자만해서는 아니 된다."

"자만한 적 없습니다. 정말로 그들은 별거 아닙니다."

"그렇게 말하는 근거가 있느냐?"

강백현의 말에 영웅이 미소를 지으며 말했다.

"두고 보시면 됩니다."

⚊⚊⚊

며칠 후.

문제의 그 사냥터에 그곳을 노리는 기업과 길드의 최정예들이 모습을 드러냈다.

노골적으로 방해를 하기 위함이었다.

이들이 동원한 각성자들의 등급은 천강 그룹 소속의 각성자들이 감당할 수 있는 등급이 아니었다.

십여 명에 달하는 SSS급 각성자들에, 두 명의 프리레전드들까지 모아 다국적 연합팀을 만들어 그 사냥터로 모여들었다.

이들은 자신들의 지휘를 프리레전드급 둘에게 맡겼다.

두 프리레전드는 어플 소속 탐 로이스과 고글 소속 룰라 페이지였다.

다국적 연합팀이 하려는 것은 간단했다.

사냥터에서 사냥하는 천강 그룹의 헌터들을 제압하는 것.

사냥터가 있으면 뭐 하는가.

거기서 사냥을 할 헌터들이 없는데.

이들이 노리는 것은 그것이었다.

"한국 각성자 협회에서 뭐라 하지 않을까요?"

"크큭. 세계 각성자 협회가 우리 편이다. 그리고 세계 각국에서 몰려왔는데 자기들이 어쩔 거야. 이곳에 모인 각성자들 등급은 한국 협회에서 쉽게 손을 쓸 수 있는 등급들도 아니지."

"하긴 그러네요. 우리 멤버 중 가장 낮은 등급이 SSS급이라니. 이렇게 모이기도 힘들 겁니다."

"크큭, 말로 해서 안 되니 어쩔 수 없지. 천강에 죄가 있다면 이런 보물을 혼자서 독차지하려 했다는 것이지."

이들에게 주어진 목표는 하나.

천강에 소속된 모든 헌터를 제압하는 것이다.

웜홀에서 하는 사업으로 돈을 버는 천강에는 이것만큼 커다란 타격을 주는 것도 없었다.

그때 천강 소속으로 보이는 헌터들이 모습을 드러내었다.

그러나 다들 긴장감이라곤 조금도 없는, 여유 넘치는 얼굴로 침입자들을 바라보고 있었다.

"역시 주군, 선견지명이 넘치셔."

"크큭, 저놈들이 여기부터 칠 거라는 것을 어찌 아셨대?"

"아더 님, 어찌할까요? 바로 시작할까요?"

천강의 사냥터에서 이들을 기다린 자들은 소속 헌터가 아니라 영웅이 보낸 사람들이었다.

SSS급인 알렉스, 시몬, 존과 얼마 전에 프리레전드로 승급한 임시혁과 차태성이었다.

이들을 데리고 모습을 드러낸 자는 레드 드래곤 아더와, 역시 같은 레드 드래곤인 킬라쉬였다.

원래 아더와 킬라쉬는 웜홀에 입장할 수 없는 몸이지만 엘런족이 이를 가능케 했다.

애초에 웜홀과 웜홀 속 세상을 만든 것이 엘런족이니까.

그 엘런족은 영웅의 휘하로 들어갔고 웜홀 속 세상도 영웅이 원하는 대로 언제든지 바꿀 수가 있었다.

가령 지금 이들이 이렇게 욕심을 부리는 사냥터 같은 곳을 사방에 만들 수도 있었고, 아예 다른 웜홀들과 연결되지 않는 단독으로 입장하는 희귀한 웜홀을 만들어 천강에 제공할 수도 있었다.

그리고 각성자들의 등급을 마음대로 바꿀 수도 있었다.

천강을 치기 위한 각성자들 역시 영웅의 말 한마디면 일반인으로 바뀔 것이다.

그 각성자를 만든 이도 엘런족이었으니까.

그들에게 힘을 주는 나노 머신을 전부 회수하라고 명령만 내리면 되는 일이었다.

아니 그전에 이미 전지전능한 힘을 얻은 그였기에 입맛에 맞게 지구 자체를 바꿀 수도 있었다.

지구와 지구인을 창조한 자들의 왕이자, 그 힘을 그대로 흡수한 영웅이었으니까 말이다.

하지만 영웅은 그러지 않았다.

지구에 만들어진 이 생태계가 그에 맘에 들었고 이 상태를 쭉 유지하기를 바랐기에 지금과 같은 방법을 선택한 것이다.

무엇보다 이곳에 있는 가족들에게는 아직까진 평범한(?) 인간으로 남아 있고 싶은 마음이 가장 컸다.

지구에서 생활할 때는 정말로 평범한 인간이 된 것 같아 평온한 마음을 유지할 수 있었다.

거기에 친구들도 있었고 많은 인연이 있는 장소였기에 더더욱 애착이 갔다.

지구에서의 생활을 유지하려면 과하지 않은 선에서 자신을 드러내고 생활할 필요가 있었다.

너무 나가 버려 정말로 신과 같은 능력을 보인다면 다들 자신을 부담스러워하며 피할 테니까.

그런 것은 절대로 원하지 않는 영웅이었다.

물론, 어디까지나 이것은 영웅의 기준에서 생각한 것이었기에 정말로 다른 이들도 이렇게 생각할지는 모를 일이었다.

한편, 천강의 사냥터에 있는 각성자들을 바라보며 그들이 평범한 이들이 아니라는 것을 눈치챈 다국적 연합팀은 자신들의 대장을 바라보았다.

"대장, 이거 아무래도 심상치 않은데?"

"맞아. 저기 저놈은 심지어 내가 아는 놈인데? SSS급이야."

누군가의 말에 다들 놀란 표정으로 바라보았다.

"뭐? SSS급이라고?"

"그래, 저기 저놈. 알렉스라는 놈인데. 성격이 지랄 맞은 놈이지. 그런데 내가 알기론 분명히 블랙맘바에 속한 것으로 알고 있는데. 왜 이곳에 있는 거지?"

"확실해?"

"확실해."

"뭐야? 그럼 정보가 잘못된 거잖아? 분명히 이곳에 있는 헌터들의 등급은 높아 봐야 SS급이라며!"

어플 소속 프리레전드 로이스가 신경질적으로 소리를 질렀다.

"나머지도 그 급인가?"

"등급 측정 아이템 가진 놈 없어?"

로이스의 말에 제일 뒤에 있던 자가 무언가를 꺼내 들고 달려왔다.

"여기."

그가 내민 것은 바로 각성자 등급을 알려 주는 만물의 눈이었다.

로이스는 곧바로 그것을 받아 얼굴에 쓰고는 천강 사냥터에 있는 인물들을 살펴보았다.

"빌어먹을!"

"왜 그래?"

"아무래도 우리 밑천 전부 끄집어내야 할 것 같은데?"

"뭐?"

"저쪽도 프리레전드급 둘에 나머지 전부 SSS급이다. 초인력이 우리보다 조금 떨어지긴 하지만……. 쉽지 않겠어."

로이스의 말에 페이지가 말도 안 된다는 표정으로 천강 사냥터에서 자신들을 노려보고 있는 각성자들을 쳐다보았다.

"우리가 모르는 프리레전드라고?"

"아마 승급 심사를 받지 않은 모양이다. 하지만 초인력은 프리레전드야."

"빌어먹을, 이건 완전 손해 보는 장산데?"

"그건 나중에 따지고 일단 우리가 우세하니까 총력전으로 제압하고 보자."

"수는 우리가 더 적은데?"

그 말에 로이스가 아더와 킬라쉬를 가리키며 말했다.

"저기 뒤에 있는 저 둘은 수치가 나오지 않는 것을 보아 신경 쓰지 않아도 되는 등급 같다. 그러니 저 앞에 있는 놈들에게만 집중하면 될 것 같아."

로이스의 말에 페이지를 비롯한 나머지 각성자들이 비장한 표정으로 고개를 끄덕였다.

그때 저쪽에서 목소리가 들려왔다.

"어이, 올 거면 오고 겁먹은 거면 보내 줄 테니 그냥 가라."

그 말에 로이스가 이를 악물며 대답했다.

"도발할 상대를 잘못 골랐구나. 프리레전드라고 다 같은 프리레전드가 아님을 보여 주지."

말이 끝남과 동시에 로이스가 각성 모드로 변신하고는 앞으로 달려 나갔고 그 뒤를 나머지 연합팀이 따라나섰다.

자신들을 향해 무서운 기세로 달려오는 연합팀을 바라보던 아더는 조용히 아군의 사기를 올려 주는 말을 해 주었다.

"다치거나 상처가 나는 놈은 주인과 일대일 면담이다. 참고해라."

부르르-!

확실히 사기 진작이 된 모양이다.

다들 눈에 독기가 가득 찬 채 역시 각성 모드로 전환하고 달려 나갔으니까.

⟨⟩

웜홀 속 협정 건물.

수많은 다국적 기업들과 길드들이 모여 있는 그곳에 강백현이 다시 그곳에 모습을 드러냈다.

강백현의 등장에 그곳에 모인 사람들의 표정에 미소가 지어지고 있었다.

'그럼 그렇지.'

'제깟 놈이 버텨 봤자지.'

'이렇게 빨리 오는 것을 보니 연합팀이 벌써 사냥터를 정리한 모양이군.'

다들 강백현이 나타난 이유가 항복을 선언하기 위함이라 착각하고 있었다.

"허허, 그래. 강 회장. 잘 생각은 해 보시었소?"

어플의 회장이 태연한 표정으로 걸어 나오며 묻자 강백현이 인상을 굳히고는 말했다.

"이번 일에 대한 모든 권한은 내 막내아들에게 일임했소. 이제부터 그 아이와 협상을 진행하시오."

"허…… . 지금 우리를 놀리는 것이오?"

"아니오. 나는 그 어떤 때보다 진지하오."

강백현의 눈빛을 본 어플 회장은 인상을 찡그렸다.

아무리 봐도 진심이었기 때문이었다.

어플 회장이 탐탁지 않은 눈빛으로 영웅을 바라보자 영웅이 피식 웃으며 말했다.

"도둑놈들이 말이 많네."

"뭐?"

"여기 모인 놈들 다 천강 사냥터에 침 흘리는 도둑놈들 아니야?"

"네 이놈! 네놈이 입을 어찌 놀리느냐에 따라서 천강에 득이 될 수도 있고 재앙이 갈 수도 있다는 것을 모르는 것이냐!"

"입은 너희가 조심해야지."

영웅의 거침없는 말에 그곳에 있는 사람들이 당황했다.

특히 강백현과 강영민이 가장 당황했다.

저렇게 강하게 나갈 줄이야.

"이보시오, 강 회장. 이제부터 일어나는 모든 일은 전부 저 건방진 애송이 때문에 일어나는 것이오. 우리를 원망하지 마시오."

어플 회장의 엄포에 강백현은 영웅을 바라보았다.

그리고 자기 자식의 눈에 흔들림이 없는 것을 보고 고개를 끄덕였다.

"물론입니다. 아까도 말씀드렸다시피 모든 전권은 제 아들에게 넘겼으니까요. 그리고 저는 제 아들을 믿습니다."

강백현이 영웅을 말리며 자신들에게 매달릴 줄 알았는데 그를 두둔하고 나서니, 그곳에 있는 총수들과 길드장들이 오히려 당황했다.

"뭔가 믿는 구석이 있는 모양인데 이제 늦었소. 천강의 모든 헌터는 우리가 제압했을 것이니."

"그게 무슨 말입니까?"

"말 그대로요. 우리 애들이 천강의 모든 헌터를 제압했을 것이라고. 이제 천강에 사냥을 할 수 있는 헌터는 없을 것이오."

어플 회장의 말에 강백현의 눈이 흔들렸다.

그때 문이 열리며 무언가가 바닥에 내던져졌다.

쿠당탕탕-!

사람들의 시선이 자연히 그곳으로 향했다.

바닥에는 형체를 알 수 없는 무언가가 꿈틀거리고 있었다.

이게 무엇인가를 파악하기 위해 문 쪽으로 고개를 돌리자, 그곳에는 아더가 하얀 이를 드러내며 웃고 있었다.

아더는 곧바로 영웅에게 달려가 고개를 조아리며 말했다.

"천강 사냥터에서 얼쩡거리던 놈들 모조리 제압했습니다."

"잘했다."

"저놈들도 제압할까요?"

아더는 고개를 들어 멍한 얼굴로 바라보고 있는 총수들을 가리키며 물었다.

"됐고 저놈들 사냥터에 있는 헌터들 모조리 제압해."

"충!"

아더는 그 말과 동시에 사라졌다.

그제야 상황 파악을 끝낸 총수들이 분노를 토해 내기 시작했다.

"우리 뒤에는 세계 각성자 협회가 있다! 지금 네놈이 무슨 짓을 하는 것인지 아느냐? 세계 각성자 협회를 적으로 돌리는 것이다!"

"그래? 그럼 적으로 돌리지 뭐."

"네 이놈! 파라가스! 저놈의 주둥이를 당장 뭉개 버려!"

어플 회장의 외침에 허공에서 누군가가 모습을 드러내어 영웅이 있는 방향으로 몸을 날렸다.

"피, 피하거라!"

강백현은 영웅을 지키기 위해 재빨리 몸을 던지려 했다.

쩌정-!

그 순간 영웅의 앞에 또 다른 누군가가 모습을 드러내며 영웅을 공격하던 파라가스라는 남자를 막아섰다.

"제가 타이밍 좋게 나타난 것 맞지요?"

남자가 미소를 지으며 묻자 영웅이 피식 웃으며 고개를 끄덕였다.

영웅의 미소를 본 남자가 싱글벙글한 표정으로 고개를 돌렸다. 남자의 얼굴을 본 파라가스는 경악한 표정을 지으며 뒷걸음질 쳤다.

"헉! 리, 리차드?"

"네놈은 프리레전드 파라가스구나."

"레, 레전드, 드, 등급께서 어, 어찌 이곳에?"

파라가스가 당황한 얼굴로 말하자 그곳에 있던 총수들 역시 경악하며 리차드를 바라보았다.

"지, 진짜다."

"맙소사! 그, 그가 여길 왜?"

"서, 설마. 천강에서 그를 고용한 것인가?"

"이봐! 미쳤어? 그는 레전드라고! 누가 누굴 고용해!"

"그럼 저자가 왜 이곳에 나타난 건데? 설명할 수 있어?"

"그, 그건……."

갑작스러운 리차드의 등장은 총수들뿐 아니라 강백현도 경악하게 만들었다.

갑자기 레전드 등급이 나타나 자기 아들을 보호해 주는데 어찌 놀라지 않을까.

하지만 이것은 시작에 불과했다.

이어지는 행동은 그들을 더욱더 경악 속에 빠지게 만들었다.

리차드가 미소를 지으며 좌중을 훑어보고는 말했다.

"나를 넘지 않고서는 마스터의 손끝 하나 댈 수 없다. 명심하거라."

리차드는 파라가스에게 말한 것이지만 그 말은 그곳에 있는 모든 이들이 전부 들었다.

이곳에 있는 자들은 전부 기본적으로 각성자였고 등급도 낮지 않았기에 리차드가 작게 중얼거렸다고 해도 전부 들었을 것이다.

심지어 지금은 귀를 쫑긋거리며 집중까지 하는 상태였기에 더더욱 잘 들렸다.

"마, 마스터?"

"레, 레전드의 마스터라니? 그, 그게 무슨 말이야?"

"이건 꿈이야. 현실일 리가 없어."

다시 한번 협정 건물 안이 소란스러워졌다.

리차드는 그들을 바라보며 말했다.

"아까 세계 각성자 협회가 뒤에 있다고 했었나? 세계 각성자 협회가 우리를 어찌할 수 있다고 보는가?"

"아, 아무리 레전드급 각성자라고 하나 세계 각성자 협회를 무시할 수는 없을 것이오! 그곳에는 아직 네 명의 레전드급 각성자가 남아 있으니까!"

어플 회장의 말에 다들 고개를 끄덕이며 다시 용기가 났는지 한껏 의기양양한 표정으로 리차드를 바라보았다.

그 모습에 리차드가 피식 웃으며 말했다.

"내가 분명 '우리'라고 했는데."

리차드의 말에 다들 고개를 갸웃거렸다.

우리라고 함은 리차드를 포함해 뒤에 있는 천강 일가를 표현한 단어가 아닌가.

그렇게 생각하고 있던 그때.

문이 열리고 한 사람, 한 사람이 들어오기 시작했다.

그리고 그들의 정체를 본 총수들과 길드장들은 그 자리에 주저앉아 버렸다.

"그 네 명의 레전드급 각성자는 우리를 말하는 건가?"

남궁세가가 내놓은 최강의 무인이자 레전드급 각성자인 남궁성이었다.

폐관수련을 하던 그에게 영웅이 나타나 깨달음을 주었고 더더욱 강해진 모습으로 세상에 나타난 것.

"나, 남궁성!"

"폐, 폐관 수련 중이라고 들었는데?"

이들의 말에 남궁성이 미소를 지으며 말했다.

"크큭, 나의 주군께서 깨달음을 주셔서 생각보다 일찍 나오게 되었지."

"주, 주군?"

"이분이 나의 주군이시다."

남궁성이 공손하게 가리킨 곳에 영웅이 서 있었다.

이제는 말문이 막혔는지 입만 뻐끔거리며 그것을 바라보는 사람들. 그러나 그것으로 끝이 아니었다. 충격과 공포스러운 일들이 이어졌다.

"나 마르코의 마스터기도 하시지."

"나는 독고영재라 하오. 역시 이분의 수하지."

"나는 연준혁, 한국 각성자 협회의 협회장이자 역시 이분의 수하요."

전 세계에 다섯 명밖에 존재하지 않는 절대자들.

그 다섯 명의 레전드 등급이 한 사람을 주군이라 칭하고 있었다.

주저앉아 떨리는 동공으로 이것을 바라보는 사람들을 뒤로하고, 마르코가 역시나 주저앉아 있는 프리레전드 각성자인 파라가스에게 말했다.

"그런데 뒤에서 듣자 하니 뭐? 세계 각성자 협회가 너희 뒤에 있다고? 야! 너 지금 당장 튀어 가서 세계 각성자 협회장 튀어 오라고 그래. 10분 준다고 해라. 1분 늦을 때마다 죽을 만큼 커다란 고통을 준다고도 전해. 아, 물론 늦으면 너한테도 죽을 만큼 커다란 고통이 갈 거니까 그리 알고."

"넵! 알겠습니다!"

파라가스는 마르코의 말이 끝나기가 무섭게 밖으로 달려 나갔다.

이대로 도망갈까도 생각했지만 이내 고개를 저었다.

지금 두 눈으로 보지 않았는가. 저 안에 지구상의 모든 레전드 등급이 모여 있었다.

레전드 등급 하나만 해도 세계 각성자 협회가 가진 전력의 절반을 쏟아부어야 상대할 수 있다. 그런데 그런 레전드 등급이 다섯 명이다.

답은 나와 있었다. 생각을 마치고 결연한 표정으로 다급하게 어디론가 몸을 날리는 파라가스였다.

한편, 안에 있던 강백현은 정신을 차리지 못하고 있었다.

자신의 아들이 무신 그룹의 주인이라는 말을 들었을 때도 놀랐다.

하지만 결코 지금 느끼는 이 충격에 비할 바는 아니었다.

이게 무슨 소리란 말인가.

모든 각성자의 꿈이며 하늘이라 불리는 절대자들.

그런 절대자들이 영웅을 마스터니 주군이니 하며 부르고 있었다.

강백현은 자신도 모르게 뺨을 때렸다.

짝-!

아팠다.

꿈이라고 생각하고 세게 때렸기에 얼굴이 빨갛게 부어오

르기 시작했다.

그 모습에 영웅이 고개를 절레절레 흔들며 다가와 강백현의 뺨에 손을 가져다 대며 말했다.

"아버지, 현실입니다."

그 말과 동시에 영웅의 손에서 하얀빛이 새어 나오며 부어 오른 강백현의 볼을 다시 원래대로 돌려놓고 있었다.

강백현은 볼에서 느껴지던 고통이 순식간에 사라짐을 느끼며 영웅을 바라보았다.

"이, 이게 무슨? 너, 너는 각성자가 아니지 않느냐?"

"맞습니다. 저는 여전히 평범한 일반인입니다."

"그런데……. 방금 한 기술은 뭐고……. 저기 저분들이 너를 주군이니 마스터니 하는 말은 또 무엇이냐?"

"일단 여기 일부터 처리하고 나서 자세히 이야기해 드리겠습니다."

영웅의 말에 강백현이 그를 가만히 바라보았다.

진짜 자기 아들인지 확인하려는 눈빛이었다.

그러더니 이내 미소를 지으며 말했다.

"내 자식이 확실하구나. 아무리 봐도 내 새끼가 맞아."

"그럼요. 저는 아버지의 자식, 강영웅이 맞습니다."

"그래! 가서 너의 진짜 모습을 보여 다오."

강백현의 말에 영웅이 미소를 지으며 고개를 끄덕이고는 레전드 등급에 둘러싸여 공포에 떨고 있는 다국적 기업 총수들과 길드장들이 있는 곳으로 걸음을 옮겼다.

영웅이 천천히 걸어오자, 레전드 등급들은 신속하게 뒤로 물러서서 공손한 자세로 고개를 조아리며 섰다.

그런 레전드 등급을 뒤로하고 벌벌 떨고 있는 다국적 기업 총수들과 길드장에게, 영웅이 입가에 미소를 지으며 말했다.

"이 도둑놈들을 어찌할까."

영웅의 말에 정신을 차린 총수들이 엎드리며 말했다.

"요, 용서를!"

"저, 저희가 욕심에 정신이 나갔었나 봅니다! 저, 정말입니다!"

그곳에 있는 사람들은 일단 이곳에서 벗어나야겠다고 생각했다.

영웅이 무서운 것이 아니었다.

뒤에서 자신들을 무섭게 노려보는 레전드 등급이 무서웠다.

이들은 도대체 영웅이 무슨 수로 저 레전드 등급들을 꼬셨는지 알 길이 없었지만, 일단 이곳에서 벗어나는 것이 먼저라고 생각했다.

하나같이 영웅이 무언가 술수를 부려 레전드 등급을 꼬셨다고 생각하고 있었다.

그런 이들의 생각을 읽은 영웅이 피식 웃으며 말했다.

"내가 이들을 꾀었다고 생각하는 모양이군."

"헉!"

자신들의 생각을 정확하게 읽은 영웅의 모습에 이들은 알 수 없는 공포감을 느꼈다.

절대로 건드리지 말아야 할 무언가를 건드린 기분.

포식자 앞에 선 초식동물의 심정이 이럴까 하는 기분이 들었다.

"일단 가볍게 내 능력부터 보여 주지."

그 말과 함께 영웅이 손을 흔들자, 엎드려 있는 다국적 기업 총수들과 길드장의 몸에서 안개 같은 것들이 새어 나오기 시작했다.

"으아아악! 히, 힘이……."

"헉! 내, 내 힘이…… 사, 사라진다!"

"아, 안 돼! 도, 돌아와!"

갑자기 몸에서 기운이 빠져나가는 기분이 들기에 재빨리 자신들의 몸을 확인해 보니, 정말로 몸속에 있던 능력들이 빠져나가고 있었던 것이다.

"네놈들의 힘은 내가 거두어 가지. 나중에 말을 잘 듣는 놈에게 상으로 돌려주마."

웅웅웅웅─!

어느새 모여든 하얀 연기가 영웅의 손에서 공 모양으로 응축되어 빙글빙글 돌고 있었다.

각성자들의 몸 안에 있던 나노 머신들이었다.

이것을 알 리 없는 사람들은 경악했고, 그것은 레전드 등급들 역시 마찬가지였다.

자신들의 주군은 각성자들의 힘을 회수하고 다시 내릴 수 있는, 정말로 신과 같은 존재였던 것이다.

그리고 곧 이들은 안도의 한숨을 쉬었다.

'휴우, 주군의 수하가 되어서 한편이 되었기에 망정이지. 아니었다면……. 어휴, 생각만 해도 끔찍하다.'

'크큭, 역시 주군은 신이시다! 암, 이 독고영재가 충심으로 모시는 분인데 저 정도는 하셔야지, 하하하!'

다들 그리 생각하고 있던 그때, 고글의 회장이 제일 먼저 달려 나와 영웅의 앞에 엎드리며 말했다.

"주, 주군으로 모시겠습니다! 시키시는 것은 무엇이든 하겠습니다!"

"힘을 돌려받지 못해도?"

"그렇습니다! 주군을 모시게만 해 주십시오!"

마음에도 없는 소리를 하는 그를 바라보며 영웅이 피식 웃고는 그의 머리에 손을 가져다 대었다.

"가장 먼저 나와서 나를 만족시켰으니 선물을 주지."

파앗-!

고글의 회장은 영웅의 손에서 느껴지는 성스러운 기운과 함께 몸이 상쾌해지는 것을 깨달았다.

그리고 이내 빠져나갔던 그의 힘이 다시 돌아오는 것을 느졌다.

화악-!

영웅의 손에서 나노 머신이 빠져나가자, 쭈글쭈글해졌던 고글 회장의 피부가 순식간에 다시 팽팽해졌고 하얗게 변했던 머리카락도 검은색으로 바뀌었다.

정신을 차린 고글 회장은 자신의 몸 이곳저곳을 바라보며 감탄을 했다.

"더, 더 강해졌어……."

그랬다. SS급에 가까웠던 그의 힘이 이제는 진짜 SS급의 힘을 가지게 된 것이다.

고글 회장은 경외의 눈으로 영웅을 올려다보았다.

"상상했던 것 이상의 것을 주는 게 상이지."

영웅의 말에 고글 회장은 진심이 가득 담긴 표정으로 그에게 경배하는 자세를 취하며 엎드렸다.

"주군이시여! 신은 이제부터 주군께 모든 충성을 다할 것입니다!"

순식간에 영웅의 종이 된 고글 회장을 뒤로, 다른 총수들도 앞다투어 달려 나와 영웅에게 충성을 맹세했다.

자신들이 본 기적 같은 현상에, 그들은 자존심이고 뭐고 모든 것을 내팽개치고 달려 나온 것이다.

하지만 돌아온 답변은 그들을 실망에 빠지게 했다.

"너희는 늦었다. 나를 어찌 기쁘게 할지 연구를 해서 결과를 보여라. 그럼 보았다시피 과거에 가진 힘보다 더 강한 힘을 주겠다. 하지만 지금은 아니야. 우리 아버지에게 마음고생을 시켰으니 벌이라 생각하고 당분간은 그 상태로 살아라.”

그리 말하고는 자신의 수하들과 강백현을 데리고 밖으로 나가 버린 영웅이었다.

영웅이 사라지자 고글 회장이 자리에서 벌떡 일어나며 말했다.

“주군의 말씀을 잘 따르는 것이 좋을 것이오. 나는 오늘부로 다시 태어났소. 이제 주군을 어찌 기쁘게 해 드려야 할지 연구를 해야 하니 나는 먼저 가 보겠소.”

고글 회장을 시작으로 다른 총수들과 길드장들 역시 다급히 그를 따라 밖으로 나갔다.

나가면서 하나같이 하는 생각은 똑같았다.

영웅을 만족시킬 방법이 무엇일지 고민하는 것이다.

모든 이들이 다 떠난 협정 건물.

누군가가 다급하게 문을 열고 들어왔다.

“헉헉! 저, 저 왔습니다!”

세계 각성자 협회장이 다급한 표정으로 문을 열고 들어오며 외쳤다.

그런데 돌아오는 답변은 없었다.

주변을 두리번거려 보아도 아무도 없었다.

“뭐야? 야! 파라가스! 아무도 없잖아!”

"어? 그, 그럴 리가. 부, 분명히 이곳으로 오라 그랬는데? 여, 여기가 아니었나?"

"미, 미친놈아! 지금 그걸 말이라고……. 어, 어디로 가셨지? 빠, 빨리 찾아! 시간 흐른다고!"

"아, 알겠습니다!"

"마, 마르코 님! 저 왔습니다! 마르코 님!"

울상이 된 얼굴로 아무도 없는 건물을 애타게 헤매는 세계 각성자 협회 협회장이었다.

⸻

행성 자렌토.

카오스가 기거하고 있는 행성이었다.

카오스의 부관인 노이즈가 심각한 표정으로 하늘의 별을 바라보고 있었다.

그렇게 한참을 아무런 움직임도 없이 서 있을 때, 허공에서 갑자기 검은 투구와 검은 갑주를 입은 자가 나타나더니 그 앞에 무릎을 꿇으며 앉았다.

"노이즈 님! 찾았습니다!"

얼굴은 전혀 보이지 않은 상태에서, 눈 쪽에서는 붉은빛이, 입 쪽에서는 하얀 서리 같은 입김이 연신 흘러나오고 있었다.

체형은 인간의 모습을 하고 있었지만, 엉덩이 쪽에 꼬리로 보이는 것이 길게 늘어져 있었다.

이들은 카오스의 친위대로 불리는 블랙로열티였다.

카오스에 대한 절대적인 충성이 삶의 이유인 자들.

이들은 카오스가 전권을 맡긴 노이즈를 카오스 대하듯이 대하고 있었다.

카오스가 그렇게 하라고 명한 것도 있었고.

아무튼 블랙로열티의 말에 노이즈가 파란 피부에 선명하게 드러나는 하얀 송곳니를 보이며 웃었다.

"오? 그래? 찾았다고?"

"그렇습니다!"

"크크큭, 잘했다. 그래, 어디더냐?"

"네! 노이즈 님이 지적하신 대로 홍익인간족과 무라트족의 분란이 종식된 곳을 찾았더니 금방 나왔습니다."

"역시 내 예상대로군. 카오스님의 사념체를 소멸시킬 존재라면 카오스님이 그들에게 내린 분란을 종식시켰을 것이니까."

"네! 노이즈 님의 예측이 정확하게 들어맞았습니다."

"그럼 그놈이 누군지도 찾았겠지?"

노이즈의 말에 검은 갑옷이 절그렁거리며 당황하는 몸짓을 했다.

"죄, 죄송합니다. 그, 그것까진 알아내지 못했습니다."

"알아내지 못했다? 홍익인간족이 되었든 무라트족이 되었든 그놈들을 족쳐 보면 나오지 않는가."

"그, 그것이, 정체는 홍익인간족의 왕이라 불리는 자라는 것까진 알아내었으나 그가 어디에 있는지는 그들도 모르고 있습니다."

"몰라?"

"그렇습니다. 행성 이곳저곳을 돌아다니며 자신이 가진 힘을 즐기는 것 같았습니다."

"쯧쯧. 이곳저곳 신나서 자신을 과시하고 다니는 모양이군. 알았다, 대충 어느 우주인지 알았으면 되었다."

그리 말하며 손을 내젓자, 검은 갑옷은 이내 모습을 감추었다.

"흠, 그 많은 행성을 다 뒤지고 다닐 수도 없고……. 어쩐다……."

뒷짐을 진 채 다시 하늘의 별을 바라보며 고민에 빠진 노이즈였다.

그때 옆에 조용히 시립해 있던 수하가 머리를 조아리며 의견을 말했다.

"이곳저곳 신나서 자신을 과시하고 다녔다면 필시 그 행성에 좋은 의미든 나쁜 의미든 명성을 날렸을 것입니다. 그것을 찾아내면 되지 않겠습니까."

"호오, 과연. 그러네. 자신의 힘을 과시하고 다녔다면 어찌 되었든 이름을 날렸을 테니."

"그렇습니다. 그것도 그 행성 역사를 통틀어 가장 강했던 인물이 최근에 등장했다면 확실하겠지요."

"맞아! 내가 왜 그 생각을 못 했지? 크크, 지금 당장 애들 전부 풀어서 찾으라고 해!"

"알겠습니다!"

무림, 천무성.

천검제 백무상이 등천무제, 비천신군과 조촐한 술자리를 나누고 있었다.

"허허, 우리 영웅이 녀석이 얼마 전에 왔다 갔다오."

"그렇습니까? 섭섭하군요. 오셨으면 저한테도 연락을 좀 주시지 않구요."

"급한 볼일이 있다면서 이것만 전해 주고 가더이다. 천계에서 많이 바쁜 모양이오."

백무상의 말에 등천무제와 비천신군이 섭섭한 표정을 거두고는 백무상의 손에 들린 것을 호기심 가득한 모습으로 바라보았다.

"허허, 어쩔 수 없지요. 주군께서는 천계에서도 없어서는 안 될 존재이신가 봅니다. 그나저나 그것은 무엇입니까?"

"아, 혹시라도 우리가 대적하지 못할 정도의 강자가 나타난다면 꼭 이 튀어나온 곳을 누르라고 하더군요. 그러면 자신에게 신호가 와서 언제든지 달려올 수 있다고 말입니다."

"허허허. 당금 무림에서 주군 말고 우리를 어찌할 자가 있겠습니까? 뭐, 어찌 되었든 든든하군요."

"맞습니다. 하하."

그렇게 즐겁게 술을 마시고 있던 그때 밖에서 소란이 일었다.

"서, 성주님!"

벌컥—!

다급하게 문을 열고 들어온 이는 천무성의 군사였다.

군사의 손에는 서신이 들려 있었는데, 들고 있는 그의 손이 부들부들 떨리고 있었다.

"군사? 무슨 일인가?"

"크, 큰일이 터졌습니다!"

"큰일?"

"네! 바, 방금 급보가 들어왔는데 남(南)무림에 정체불명의 괴생명체들이 나타났다고 합니다! 어찌나 강한지 파죽지세로 문파를 쓸어버리고 있다고 합니다! 서신에는 '대응 불가! 적들의 강함은 역대 최강으로 보여짐!' 이렇게 적혀 있습니다!"

"뭐야!"

벌떡-!

"현재 사천당문은 본가를 버리고 이곳으로 후퇴하는 중이고 해남검문은 멸문한 것으로 보입니다! 그 밖에 많은 문파가 자신들의 터전을 버리고 후퇴하고 있다고 합니다!"

군사의 보고에 백무상이 멍한 얼굴을 하더니 이내 고개를 흔들며 정신을 차리고 물었다.

"아무런 목적도 없이 휩쓸고 다닌단 말이냐?"

"아, 아닙니다! 이곳의 최강자가 누구냐고 묻고 다닌다고 합니다!"

"중원 정복이 목적인 외세의 무리인가?"

"그, 그럴지도 모릅니다! 특이하게 검은 갑옷으로 완전무장을 해서 온몸을 가린 채로 다니기에, 그들을 흑사군(黑死軍)이라 부르고 있다고 합니다."

3장

흑사군의 생김새와 힘을 전해 들은 사람들은 심각한 표정으로 그들이 누구인지 생각했다.

"흑사군이라……. 어디서 온 자들이지? 그 정도로 강한 집단이라면 왜 지금까지 조용히 지냈을까? 뭐가 되었든 비상인 것은 확실하군. 당장 비상 체제로 전환하고 무림맹과 천마신교에도 이 사실을 전하도록!"

"알겠습니다!"

군사가 허리를 숙이고 다급하게 나가자, 백무상은 몸을 돌려 등천무제와 비천신군을 바라보았다.

"들으셨지요?"

백무상의 말에 둘은 고개를 끄덕였다.

"아무래도 영웅이가 뭔가를 느꼈었나 봅니다. 거참, 이걸 쓸 일이 제발 없기를 바랐는데……."

"뭔가 선견지명이 있으셨던 게지요. 어찌 되었든 사천당 문이 본가를 버리고 후퇴하고 해남검문이 순식간에 멸문할 정도면 만만치 않은 놈들이라는 것은 잘 알겠습니다. 주군께 누를 끼치지 않게 일단은 최선을 다해 대응해 봅시다."

등천무제의 말에 백무상과 비천신군이 비장한 표정으로 고개를 끄덕였다.

⌁⌁⌁

천강 그룹 회장실.

긴 소파에 영웅을 비롯해서 레전드급 각성자 다섯 명이 앉아 있었고 강백현은 불편한 표정으로 제일 상석에 앉아 눈치를 살피고 있었다.

뭔가 묻고 싶은 것이 많았지만 차마 입이 떨어지지 않았다.

그런 강백현의 모습에 영웅이 피식 웃으며 말했다.

"편하게 물어보세요. 궁금하신 것이 많잖아요."

"그, 그래. 그, 저기 뭐냐……. 저, 저기 저분들이 저, 정말로……."

강백현은 차마 부하냐는 마지막 말을 꺼내지 못했다.

"맞습니다. 제 수하들입니다."

강백현이 마지막에 무엇을 물어보려 했는지 단번에 눈치 챈 영웅이 대답해 주었다.

영웅의 대답에 이어 줄줄이 앉아 있던 레전드급 각성자들이 일제히 자리에서 일어나 강백현에게 고개를 숙이며 인사를 올렸다.

"인사 올립니다! 남궁성이라고 합니다!"

"리차드라고 합니다. 앞으로 잘 부탁드리겠습니다."

"마르코입니다. 미국 쪽에 볼일이 있으시면 말씀만 하십시오. 제가 전부 처리해 드리겠습니다."

"저와 준혁이는 알고 계시지요? 허허."

마지막에 독고영재가 인자한 웃음을 지으며 말하자 강백현이 화들짝 놀라 어찌할 바를 몰라 했다.

"아, 아닙니다! 저, 저야말로 자, 잘 부탁드립니다!"

강백현은 정신을 차릴 수가 없었다.

영웅이 무신 그룹이라는 초거대기업의 주인이라는 사실에도 엄청나게 놀라 정신을 못 차렸었는데, 지금 이 상황은 그때보다 더했으면 더했지 덜하지 않았다.

솔직히 꿈인가 싶었다.

강백현은 침을 꿀꺽 삼키고 가장 궁금했던 것을 물었다.

"그, 그게……. 우리 영웅이는 각성자도 아니고…… 평범한 일반인……."

평범한 일반인이라고 말하려다가 뭔가 이질감이 느껴져서 고개를 갸우뚱하는 강백현이었다.

그러다가 떠올랐다.

다국적 기업의 총수들과 길드장들의 힘을 거두는 영웅의 모습을.

순간 소름이 돋았다.

"……은 아니군요. 어, 어디서 그런 힘을?"

강백현은 천천히 고개를 돌려 영웅에게 물었다.

그러자 영웅이 강백현의 손을 잡으며 말했다.

"힘이 있든 없든 저는 아버지의 아들입니다. 그러니 좀 진정하시고 자리에 앉으세요."

"그, 그래."

"너희도."

"네!"

영웅의 말에 일사불란하게 자리에 착석하는 레전드 등급을 바라보며 여전히 멍한 표정을 짓는 강백현이었다.

"앞으로 천강 건드리는 놈들 있으면 저들한테 연락하세요. 곧바로 달려와 도와줄 겁니다."

"언제든지 연락 주십시오! 천강을 건드리는 놈들은 아주 먼지로 만들어 주겠습니다!"

저렇게 든든한 말이 또 어디에 있을까.

레전드급 각성자들이 앞다투어 천강을 지켜 주겠다고 나

서고 있었다.

이제 전 세계에서 천강을 건드릴 간 큰 기업이나 나라는 없을 것이다.

아니, 오히려 천강이 나서면 그들의 눈치를 살펴야 할 처지가 되었다.

세계 각성자 협회장도 조금 전까지 영웅 앞에 있다가 힘을 모조리 회수당한 채 충성을 맹세하며 물러갔다.

화기애애한 분위기가 지속되던 그때, 영웅의 표정이 급격하게 굳어 가더니 이내 그가 자리에서 벌떡 일어났다.

"왜 그러냐?"

갑자기 영웅이 벌떡 일어나자 다른 레전드 각성자들과 웃고 떠들던 강백현이 놀라며 물었다.

영웅은 강백현을 바라보며 심각한 표정으로 말했다.

"급한 일이 생겨 먼저 가 봐야겠습니다. 준혁!"

"네!"

"본부에 있는 화이트 웜홀로 가자."

"네!"

영웅은 준혁의 몸을 잡고 그 자리에서 순식간에 사라졌다.

남은 사람들은 급격하게 가라앉은 분위기에서 심각한 표정으로 대화를 나눴다.

"주군의 표정이 엄청 차가웠습니다."

"뭔가 엄청난 일이 생긴 것 같은데……. 누가 주군의 심기를 건드렸을꼬……."

"뭐가 되었든…… 심기를 건드린 놈들은 큰일 났다는 것은 사실이지요."

다들 그 말에 동의한다는 표정으로 고개를 끄덕였다.

한편, 연준혁을 데리고 한국 각성자 협회에 있는 화이트 웜홀로 이동한 영웅.

연준혁이 심각한 표정의 영웅에게 조심스럽게 물었다.

"주군, 무슨 일이 있으신겁니까?"

영웅은 화이트 웜홀을 바라보며 연준혁의 물음에 답해 주었다.

"무림 쪽에 뭔가 일이 터진 것 같다."

그러면서 품속에서 무언가를 꺼냈다.

요란하게 진동을 울리는 작은 단추 같은 것이 눈에 들어왔다.

"그것이 무엇입니까?"

"위기가 생기면 누르라고 전해 준 물건이다. 저쪽 세상과 연결되어 있지."

"그럼 그것이 심하게 요동친다는 소리는……!"

"그래. 무림에 심각한 위기가 닥쳤다는 소리지. 다른 이들에게도 잘 전해 줘. 특히 아버지가 걱정하시지 않게 잘 전달해 드리고."

"알겠습니다."

연준혁의 대답을 들은 영웅은 곧바로 화이트 웜홀 속으로 몸을 던졌다.

그 모습을 바라보던 연준혁은 침을 꿀꺽 삼키며 중얼거렸다.

"저렇게 분노한 주군의 모습은 처음 보는데…… . 누군지 몰라도 무림에서 일을 벌인 놈들은 이제 죽었구나."

"비, 빌어먹을!"

등천무제가 한쪽 팔을 잃은 채 피를 흘리며 거친 말을 내뱉었다.

"괴물들이오! 주군과 같이 산을 날리고 바다를 가르는 괴물들이란 말이오!"

비천신군이 두려움이 가득 담긴 표정으로 등천무제의 사라진 한쪽 팔을 지혈하며 외쳤다.

그런 비천신군을 잠시 바라보던 등천무제는 무언가 생각이 났는지 고개를 돌려 입을 열었다.

"이보시오, 천무성주. 혹시 주, 주군께 연락을 드렸소?"

등천무제가 백무상을 바라보며 묻자 백무상이 심각한 표정으로 고개를 끄덕였다.

"그러지 말걸 그랬소이다. 저들의 강함을 보니 주군께서 오신다 해도 어찌할 수 있는 자들이 아닌 것 같소."

"어찌 그런 말씀을 하십니까! 주군만이 지금 이 상황을 타개할 수 있는 유일한 희망입니다!"

비천신군의 열변에 등천무제가 입 속에 가득 찬 피가래를 뱉어 내며 언성을 높였다.

"퉤! 보지 않았느냐! 주군처럼 산을 날리고 말도 안 되는 힘으로 순식간에 우리 애들을 날린 놈들이다! 단 세 놈에게 무림 전력의 절반을 잃었단 말이다! 그런데 주군을 이런 위험한 곳으로 부르는 것이 정말로 충심이라 생각하는 것이냐?"

등천무제의 말에 다들 고개를 푹 숙였다.

등천무제의 말처럼, 지금 무림을 난장판으로 만들고 있는 자들의 무력은 과거 영웅에게서 보았던 그 힘이었다.

제아무리 영웅이 태산을 날리고 바다를 가르는 힘을 가지고 있다지만, 지금 무림에 나타난 괴물들 역시 그런 힘을 가지고 있었다.

심지어 저들은 셋이었다.

이들은 저들을 상대로 영웅이 이길 수 없다고 단정 짓고 있었다.

"주군께서 오시면 별일 없는 것처럼 해서 안심하고 돌아가시게 만듭시다."

등천무제의 말에 모두는 입술을 꽉 깨물며 몸을 부르르 떨었다.

그러고는 눈을 감고 고개를 끄덕였다.

그 모습에 등천무제가 거친 숨을 내쉬며 미소를 지었다.

"누구냐, 너를 이렇게 만든 놈이."

그 순간 하늘 위에서 한기가 가득 담긴 목소리가 들려왔다.

다들 고개를 들어 위를 바라보니 무표정의 영웅이 눈에 들어왔다.

오싹-!

영웅을 본 이들은 하나같이 온몸에 소름이 돋으며 순간적으로 두려움을 느꼈다.

단 한 번도 보여 준 적 없던 살기 넘치는 영웅의 모습에 다들 침을 꿀꺽 삼켰다.

영웅이 등장했음에도 누구 하나 환호성을 지르는 자가 없었다.

"이미 다 들었다. 그러니 말해. 아니다……. 알아서 저기들 오는군."

영웅이 고개를 돌려 어딘가를 바라보자, 다들 그쪽으로 고개를 돌렸다.

저 멀리서 파공음과 함께 무언가가 엄청난 기세로 날아오고 있었다.

피웃-!

바로 그때 영웅이 잔상을 남기며 어디론가 사라졌고 저 멀리서 폭음이 들려왔다.

콰콰쾅-!

쿠르르르르-!

이곳을 향해 엄청난 속도로 날아오던 무리가 무언가에 충격을 받고 지면으로 떨어져 내린 것이다.

지면이 울리고 폭발로 인한 파동으로 하늘에 있는 구름들이 원형으로 흐트러져 갔다.

후웅-!

이내 등천무제가 있는 곳까지 후폭풍이 밀려왔다.

등천무제는 자신도 모르게 사라진 팔 쪽으로 힘을 주어 얼굴을 가리려 했다.

그리고 화들짝 놀랐다.

사라졌던 팔이 어느새 재생되어 후폭풍의 바람을 막아 주고 있었다.

"이, 이게 무슨?"

믿을 수 없는 광경에 등천무제의 눈이 휘둥그레졌다.

그런 현상은 등천무제뿐만이 아니었다.

사방에서 등천무제처럼 놀란 사람들이 내뱉는 탄성이 들려왔다.

다리가 잘린 사람은 다리가 다시 생겨났고 복부가 뚫려 죽어 가던 사람은 언제 그랬냐는 듯이 회복되어 멀쩡해졌다.

다들 갑자기 일어난 기적에 어리둥절해할 때, 또다시 엄청난 폭음이 들려왔다.

콰콰쾅-!

사람들은 그제야 정신을 차리고 폭음이 들려오는 곳을 향해 고개를 돌렸다.

그곳에서 영웅이 차갑게 식은 표정으로 검은 갑옷을 입은 흑사군을 마구 짓밟고 있었다.

쩡쩡쩡-!

영웅의 주먹에 속절없이 날아가 바닥에 처박힌 흑사군은 아무렇지도 않은 모습으로 벌떡 일어나 검은 투구 사이로 보이는 붉은 눈으로 영웅을 노려보았다.

"네놈이구나, 홍익인간족의 왕."

흑사군의 입에서 나온 말에 영웅의 표정이 굳었다.

그들은 정확하게 자신을 찾아온 자들이었다.

"나를 아는가?"

영웅의 말에 흑사군이 고개를 끄덕였다.

"우리의 주인께서 너를 찾으신다."

흑사군의 말에 영웅이 비릿한 미소를 지으며 물었다.

"너네 주인이 나를 왜 찾는데? 그보다 주인이 누군데?"

"카오스님이시다."

"카오스? 아! 나한테 한 대 처맞고 사라진 그놈?"

영웅의 말에 감정 없이 대답하던 흑사군의 움직임이 변하였다.

"감히! 카오스님을 그따위로 말하다니!"

고오오오-!

엄청난 기세가 피어오르더니 검은 투구 사이로 흘러나오는 붉은빛이 더욱더 선명하게 빛났다.

흑사군은 영웅을 당장이라도 죽일 듯이 살기를 날렸다.

그 모습에 영웅이 콧방귀를 뀌고는 순식간에 흑사군이 있는 곳으로 이동했다.

"너네가 화를 내면 안 되지. 정작 화가 난 것은 나인데."

슈팍-!

그리고 영웅의 주먹이 흑사군의 갑옷을 향해 내질러졌다.

쩌억-!

영웅의 주먹에 맞고 날아간 흑사군은 아무런 반응도 없이 다시 벌떡 일어나 영웅을 바라보았다.

그 모습에 영웅이 고개를 갸웃거리며 자신의 주먹을 바라보며 중얼거렸다.

"뭐지? 분명히 아프라고 때렸는데 반응이 없네? 심심하게."

영웅의 중얼거림에 흑사군이 답을 주었다.

"우리는 무(無)와 같은 존재. 물리적인 타격으로는 우리에게 고통을 줄 수 없다."

"아, 그래? 흠, 그럼 이 방법은 통하려나?"

흑사군의 말에 영웅이 하얀빛이 나는 기운을 주먹에 모아 방금 대답한 흑사군을 향해 날렸다.

그러자 고통을 느끼지 못한다는 흑사군의 입에서 비명이 흘러나왔다.

"크헉!"

분명 그 어떤 공격에도 아무런 반응이 없던 흑사군이었다.

심지어 조금 전까지 영웅의 주먹을 맞고도 신음 한번 내지 않고 움직이던 자들이었다.

그런데 지금 영웅의 공격에 고통을 느끼는지 투구 속에서 비명이 흘러나왔다.

쩌적-!

거기에 그들의 몸을 감싸고 있던 갑옷에 금이 가기 시작했다.

흑사군은 갑옷에 금이 가는 소리에 고통을 참았다. 그들은 재빨리 몸을 뒤로 움직여 영웅과의 거리를 최대한으로 벌렸다. 그러고는 믿기지 않는 말투로 중얼거렸다.

"크흑! 마, 말도 안 돼! 주인께서 친히 주신 처, 천신갑(天神甲)이……."

"이, 이걸 깨뜨리다니. 주인 외에 그 누구도 이 갑옷을 깰 수 있는 자가 없다고 했는데……."

"거기에 우리가 고통을 느꼈어……. 우리가…… 고, 고통을……."

그들의 음성에서, 그들이 정말로 경악하고 있다는 것이 느껴졌다.

그런 흑사군에게 천천히 다가가며 주먹을 쥐었다 폈다 하는 영웅이었다.

"뭐야, 기세등등하더니 겨우 주먹 한 방에 꼬리를 내리는 거야?"

그리 말하고는 잠시 멈춰서서 흑사군을 바라보았다.

이내 영웅의 몸에서 엄청난 기세가 피어올랐다.

쿠오오오오-!

말도 안 되는 엄청난 기운에 대지 전체가 흔들리기 시작했다.

저 멀리서 사람들은 경악한 표정으로 그것을 바라보고 있었다.

특히 등천무제를 포함해 백무상과 비천신군은 더더욱 놀라고 있었다.

영웅이 강하다는 것은 알고 있었지만 지금 그가 내보이는 이 힘은 단순히 '강하다'라고 표현할 수 없는 기운이었다.

그야말로 자신들을 구원하기 위해 하늘에서 천신이 강림한 것 같은 모습이었다.

"도, 도대체 얼마나 강한 힘을 가져야 온 대지가 진동할 정도일까."

"짐작도 되지 않는 힘이오."

"내가 주군을 몰랐구나. 주군의 진정한 모습을 이 못난 내가 못 알아보았어."

마지막에 등천무제는 제아무리 영웅이라도 저들에게는 힘들 것이라 추측했던 자신을 원망했다.

"뭐가 되었든 지금 주군께서 저 괴물들을 가지고 노는 것은 틀림없는 사실입니다."

비천신군의 말에 다들 동의한다는 표정으로 고개를 끄덕였고 이내 이어지는 전투를 집중해서 보기 시작했다.

이들이 자신을 어떤 눈으로 바라보고 있는지도 모른 채, 분노한 영웅은 자신의 기세를 그대로 주먹에 모아 흑사군이 있는 곳으로 이동해 내질렀다.

쩌적- 쩍쩍쩍-!

섬뜩한 소리가 사방으로 울려 퍼지며 흑사군의 몸이 들썩였다.

"끄아아악!"

"우, 우리가 고, 고통을 느끼다니! 마, 말도 안 돼! 끄아악!"

"뭐냐! 이 아픔은! 이 고통은! 끄으윽!"

흑사군은 자신들이 느끼는 고통에 충격을 받았다.

자신들에게 이런 고통을 줄 수 있는 존재는 이 우주에서 단 두 명뿐이었다.

바로 총관인 노이즈와 자신들의 주인인 카오스였다.

그런데 지금 눈앞의 인간이 그 고통을 주고 있었다.

"이익! 이, 이대로 당할 수는 없지! 하압! 초무투신체(超武鬪身體)!"

고오오오−.

흑사군 중 하나가 변신을 시작하자 다른 둘 역시 고통을 참아 내며 변신하기 시작했다.

영웅은 그것을 가만히 지켜보았다.

"주, 주군! 지, 지금이 기회입니다! 어서 놈들을 마무리하시지요!"

등천무제의 외침에 영웅이 피식 웃으며 말했다.

"변신 중에는 공격하지 않는 것이 국룰이라."

"네? 국룰이 뭡니까?"

"그런 것이 있다."

영웅의 대답에 고개를 갸웃거리고 있을 때 흑사군의 갑옷이 터져 나가며 이내 거대한 몸으로 변해 갔다.

"헉! 괴, 괴물들이다!"

"마, 맙소사! 세, 세상에."

몸만 거대해진 것이 아니었다.

꼬리도 굵어지고 몸 전체의 근육들이 금방이라도 터질 것처럼 팽팽하게 갑옷을 깨고 나와 모습을 드러내고 있었다.

"이야. 아까 시커먼 것을 뒤집어쓰고 있을 때보단 훨씬 보기 좋네. 진작에 이러고 좀 다니지."

"닥쳐라. 우리가 변신한 이상 네놈에게 아까와 같은 기회는 없을 것이다."

"정말? 재밌겠네."

"말귀를……."

파앗-.

흑사군 중 하나가 순식간에 영웅 앞으로 이동하면서 말을 이었다.

"……못 알아듣는구나!"

쩌엉-!

영웅의 몸통만큼 커진 흑사군의 주먹이 맹렬한 기세로 영웅에게 날아가 박혔다.

쿠카카카카-.

주먹에서 일어난 권풍에 영웅의 뒤로 거대한 폭풍이 일어나며 모든 것을 파괴해 버렸다.

하지만 영웅은 그대로였다.

"조금 강해지긴 했네."

"어억?"

변신을 한 상태에서 날린 주먹이었다.

방금 그 주먹에 담긴 기운은 이 행성 한쪽을 날려 버릴 정도로 강력한 기운이었다.

단순한 후폭풍만으로 사방이 초토화된 것이 그 증거.

여유롭게 말하는 영웅의 얼굴로 또 다른 흑사군의 발이 날아왔고 역시나 엄청난 소리와 함께 후폭풍이 일었다.

순식간에 가세한 흑사군과 함께, 셋은 동시에 영웅을 향해 매서운 공격을 시작했다.

사람들 눈에는 보이지도 않을 엄청난 공세가 펼쳐졌고, 땅에서의 전투는 곧 하늘로 이어졌다.

팡- 파팡- 팡팡-.

움직임은 보이지 않았지만, 허공에서 엄청난 충격과 함께 공간이 일렁거리고 있었다.

그렇게 한참 동안 타격 소리만 들려오다가, 북 터지는 소리가 들려왔다.

퍼퍼퍽-.

슈아악-.

아무것도 보이지 않던 허공에서 세 번의 파동이 터지며 세 개의 검은 물체가 지상으로 빙글빙글 돌면서 떨어졌다.

쿠쿠쿵-.

거대한 흙먼지와 함께 폭음이 일어났다.

땅속 깊숙이 박힌 것들은 흑사군이었다.

허공에는 아무런 이상도 없이 멀쩡한 모습의 영웅이 둥둥 떠 있었다.

영웅이 아래를 바라보고 있던 그때, 땅에서 반구 형태의 거대한 기운이 봉긋하고 솟아올랐다.

쿠오오오-.

지면을 녹일 정도로 강력한 기운은 이내 영웅이 있는 곳을 향해 한 줄기 빛이 되어 쏘아졌다.

쿠와와와―.

하늘이 아니라 땅에 쏘아졌다면 지구가 파괴될 것 같은 위력의 기공포가 허공에 있던 영웅을 집어삼켰다.

이를 본 사람들은 경악하며 덜덜 떨었다.

아무리 영웅이라도 조금 전 그 공격은 당해 낼 수 없으리라고 생각한 것이다.

이런 생각은 흑사군 역시 마찬가지였다.

그들은 곧장 파묻혔던 곳에서 밖으로 튀어나와 조금 전까지 영웅이 있었던 곳을 바라보며 환호를 질렀다.

"됐다!"

"잡았다!"

"어떠냐! 우리의 힘이!"

자신들의 공격에 흔적도 없이 사라졌다고 믿는 것이다.

하지만 그것은 착각이었다.

"거긴 아무도 없는데 누굴 보며 말하는 거냐?"

흑사군은 뒤에서 들려오는 익숙한 목소리에 경기를 일으키며 재빨리 다른 곳으로 몸을 날렸다.

"어, 어떻게?"

"부, 분명 피하지 못한 것을 봤는데?"

자신들의 공격이 확실하게 영웅을 소멸시키는 것을 보았

는데 어째서?

"아, 그거? 혹시 분신이라고 아나? 그래도 대단하네. 내 분신을 그렇게 먼지로 만들어 버리고."

박수까지 치면서 칭찬하고 있었다.

그 말에 흑사군은 자신들이 농락을 당했다는 사실을 깨달았다.

지금까지 자신들이 최선을 다해 싸운 상대가 본인이 아닌 분신이었다는 사실을.

그러다가 깨달았다.

분신이 그렇게 강하다면 본체는?

순간 소름이 돋았다.

분신을 자신들은 변신까지 해 가며 힘겹게 겨우겨우 소멸시켰는데, 본체는 얼마나 강할까.

이들은 인정해야 했다.

"이익! 분하지만 우리가 어쩔 수 있는 존재가 아니다!"

"목표를 찾았으니 우리의 임무는 여기까지다!"

"후퇴하자!"

파팟- 파파팟-!

조금 전까지 눈앞에 있던 흑사군이 순식간에 자취를 감추고 사라졌다.

흑사군이 있던 장소를 게슴츠레한 눈으로 지그시 바라보는 영웅. 잠시 후 눈을 번쩍 뜨며 말했다.

"찾았다! 감히 도망을 치려고 해?"

영웅이 미소를 짓고는 손을 뻗었다.

그러자 아무것도 없던 허공에서 검은 그림자들이 나타나더니 이내 다시 지면으로 떨어졌다.

조금 전 순식간에 자취를 감췄던 흑사군이 어리둥절한 표정으로 주변을 두리번거리며 당황하고 있었다.

"뭐, 뭐야?"

"수, 순간 이동 중에 끌려왔어."

"이, 이건 부, 불가능하다."

분명 순간 이동에 성공했다.

그런데 몸이 무거워지면서 무언가가 자신들을 확 낚아채는 것이 느껴졌고, 정신을 차려 보니 조금 전 있던 그 장소에 다시 온 것이다.

"어딜 가려고? 우리 애들 병신으로 만들어 놓고 도망가면 끝이냐?"

당황하는 자신들을 향해 천천히 걸어오는 영웅의 모습은 정말 흉신악살 같은 모습이었다.

이제 이들에게 선택지는 하나였다.

"저자는 강하다! 아무래도 저자의 손아귀에서 벗어나기는 그른 것 같구나."

"그런 치욕을 받을 바엔 카오스님의 품 안으로 가자."

"그래! 저자의 손에 잡힐 바에는 차라리 그게 낫겠군."

셋은 서로를 바라보며 무언가를 결심한 듯 이내 자신들의 기운을 모조리 끌어모으며 외쳤다.

그러더니 몸이 환하게 발광하기 시작했다.

"우리의 복수는 카오스님께서 해 주실 것이다!"

"크하하하! 기다려라. 그분께서 오시는 날이 종말의 날일 지니!"

순간 눈이 부실 정도로 환한 빛이 그들 몸에서 발광했고 영웅은 평소처럼 리스토어로 그들이 자폭하지 못하도록 하려 했다.

하지만 이들의 몸에 있는 기운은 카오스의 힘.

영웅의 능력으로는 제어할 수 없는 것이었다.

자신의 능력으로도 이들의 움직임이 멈추지 않자 처음으로 당황한 영웅이 다급하게 그들을 다른 차원으로 날려 버렸다.

슈팟-.

조금만 늦었어도 이곳 차원의 지구는 흔적도 없이 사라졌을 것이다.

처음으로 능력이 먹히지 않자 자신의 손을 바라보며 진지한 표정을 지었다.

"내 능력이 통하지 않았다고? 이런 경우는 처음인데."

하지만 당황도 잠시.

이내 그의 입가에 정말로 즐거운 미소가 지어졌다.

"처음이군, 나를 당황시킨 상대는. 카오스라고 했나? 기대되는데?"

역시 우주의 신이라면 이 정도는 해야 한다고 생각하는 영웅이었다.

그리고 그에 맞게 자신의 능력을 다시 한번 재구성할 필요가 있다고 생각했다.

"간만에 머리 싸매고 연구 좀 해야겠군."

말은 이렇게 하지만 표정은 즐거워 보였다.

뭐가 되었든 무림을 위기에서 구해 낸 영웅은 곧장 흑사군에 의해 당한 사람들을 치료하기 시작했다.

순식간에 수천에 달하는 사람들을 치료한 영웅에게 등천무제가 다가와 경외 가득한 눈빛으로 엎드리며 말했다.

"주군! 신이 주군의 능력을 잠시나마 의심하였나이다! 불충한 신을 벌하여 주시옵소서!"

등천무제의 말에 영웅이 피식 웃으며 그를 일으켜 세웠다.

"하하, 무제께서 무엇을 잘못했다고 벌을 준단 말입니까. 어서 일어나세요."

등천무제를 일으켜 세우며 그 옆에 있는 담선우와 가광을 바라보는 영웅이었다.

"그대들도 잘 지냈는가?"

"네! 주군! 그, 그간 강녕하셨사옵니까!"

"주군! 보고 싶었사옵니다!"

그들뿐 아니라 뒤에서 영웅의 신비한 힘에 완전히 치유된 사람들 역시 경외 어린 시선을 보내고 있었다.

그들을 쭉 둘러보던 영웅은 고개를 갸웃거리며 보이지 않는 사람들을 찾았다.

"다른 이들은 보이지 않네?"

영웅의 물음에 등천무제와 담선우가 고개를 숙였다.

"그, 그들은……. 이 세상에 없습니다."

슬픈 목소리.

뭘 뜻하는지 대번에 깨달은 영웅이 턱을 쓰다듬었다.

"흠, 정해진 섭리를 어기는 것은 나도 별로 좋아하진 않지만……. 이번에는 특별한 경우라고 봐야겠지?"

영웅의 중얼거림에 사람들은 고개를 갸웃거렸다.

지금 무슨 말을 하는 것인가.

하지만 대놓고 물을 수는 없었다.

그때 영웅이 허공에 대고 누군가를 불렀다.

"따라온 것 다 알아. 나와."

영웅의 목소리가 끝나자마자 그의 앞에 처음부터 그곳에 있었던 것처럼 한 인영이 부복해 있었다.

"신! 풍백! 부르셨사옵니까!"

"너도 봤지? 여기에서 일어난 일들은 나로 인한 것이니 다시 살려 줘도 되지 않을까?"

"소신의 생각도 같사옵니다. 뜻대로 하시옵소서!"

영웅은 혹시라도 몰래 따라온 것을 가지고 꾸중할까 봐 전전긍긍하는 풍백을 보며 피식 웃었다.

"그렇게 덜덜 떨 거면서 왜 따라온 거야?"

"시, 신이 있어야 할 곳은 폐하의 곁이옵니다."

풍백의 충성은 진심이었다.

그것을 알기에 영웅이 이렇게 웃는 것이다.

"고맙다, 풍백."

'고맙다'라는 말에 풍백의 몸이 부들부들 떨렸다.

아마도 감격의 눈물을 억지로 참고 있는 것 같았다.

이대로 두면 병날 것 같아 서둘러 그를 보내는 영웅이었다.

"어서 가서 이곳에서 죽은 영혼들 다시 원상 복구 해 놔."

"충!"

파앗-.

순식간에 자취를 감춘 풍백을 어리둥절하게 바라보는 사람들이었다.

적막하던 그곳의 조용함을 깬 것은 등천무제였다.

"주, 주군. 바, 방금 그, 그자는 누구고 죽은 영혼들을 원상 복구 하라는 것이 무슨 뜻이옵니까?"

"말 그대로입니다. 저 때문에 일어난 일이니, 그로 인해 죽은 사람들을 다시 살려야지요."

"그, 그게 가능합니까?"

등천무제의 물음에 영웅은 그저 씩 웃을 뿐이었다.

그것을 본 등천무제는 영웅의 말이 전부 사실임을 깨달았다.

"주군께서 신이라는 사실을 잠시 망각하고 있었나이다."

영웅은 그 말에 부정하지 않았다.

자신이 신이라는 사실을 만천하에 공개한 것이나 다름없었다.

"앞으로도 무림 잘 부탁해요."

이제 곧 떠날 사람처럼 말을 하니 등천무제의 눈에서 눈물이 솟구쳤다.

"울지 말고. 가끔 올 테니 그때 술이나 한잔합시다."

"중원 최고의 술을 언제나 준비해 놓고 있겠사옵니다!"

영웅은 등천무제의 등을 토닥이고는 다른 수하들도 쭉 둘러보고는 미소를 지으며 말했다.

"다들 잘 지내고, 다음에 보자."

"주군!"

파앗-.

인사를 마치자마자 사라진 영웅.

영웅이 있던 자리를 향해 수하들과 그곳에 있는 모든 무인이 엎드려 절을 하며 경배했다.

"뭐라? 생명 반응이 끊긴 애들이 있다고?"

"그렇습니다. 완전히 소멸한 것으로 보입니다."

"그곳이 어디지?"

"아무것도 없는 우주 공간입니다."

"뭐?"

카오스의 부관 노이즈가 수하의 보고를 듣고는 심각한 표정을 지었다.

"그놈들이 파견된 지역이 어디지?"

"그, 그게……."

"뭐야? 설마 정리도 안 하고 무작위로 파견을 보낸 것이냐?"

"부, 부관님께서 일단 전부 내보내고 나중에 보고받으라고 하셔서……."

"아, 내 잘못이다?"

"그, 그게 아, 아니고."

"내가 아주 죽을죄를 지었네, 그치?"

"아, 아닙니다!"

덜덜 떠는 수하를 한심한 눈으로 바라보던 노이즈가 손가락을 튕겼다.

그러자 검은 갑옷을 입은 자들이 나타났고 이내 보고하던 수하를 강제로 끌고 갔다.

"부, 부관님! 요, 용서를!"

"시끄러우니까 입 막고 데려가."

"읍읍읍!"

수하가 끌려 나가고 다시 조용해진 자신의 방에서 노이즈가 중얼거렸다.

"젠장, 우리 애들을 소멸시킬 정도면 그놈이 확실한데. 빈 우주에 던져 놓고 소멸을 시켰다고? 의외로 신중한 놈일지도."

노이즈는 머리가 지근거렸다.

하지만 그래도 찾아야 했다.

안 그러면 자신도 소멸당할 테니까.

'빌어먹을, 어디서 쥐새끼 하나가 튀어나와서 정말로 짜증 나게 하는군.'

지근거리는 머리를 싸매고 있던 그때였다.

방문이 열리며 잇달아 보고들이 올라오기 시작했다.

우주 곳곳에서 파견된 대원들의 생명 반응이 사라지고 있다는 소식이었다.

벌떡-.

"뭐? 이런 젠장! 치욕이군!"

노이즈는 분해하다가 순간적으로 무언가 생각이 났는지 고개를 번쩍 들며 보고를 하는 수하에게 물었다.

"가만……. 그곳이 어디 우주지? 생명 반응이 사라지는 우주 말이야."

"8 대우주입니다."

"그곳이다! 카오스님의 사념체를 파괴한 놈이 있는 곳이 바로 그곳이었군. 지금 당장 그곳으로 모든 병력을 집중하라고 전해!"

"알겠습……."

수하가 대답을 마치려는 순간 또 다른 수하가 다급하게 들어오면서 보고했다.

"노, 놈입니다! 놈이 이곳에 나타났습니다!"

"뭐?"

"부관님께서 찾는 그자로 보이는 것이 기지 앞에 나타났습니다!"

수하의 보고에 노이즈는 잠시 멍하니 서 있다가 이내 정신을 차리고 앞서 나가며 말했다.

"당장 전군 동원해! 카오스님의 사념체를 파괴할 정도로 강한 놈이니 긴장을 늦추지 말라고 전해!"

"네!"

영웅은 우주 이곳저곳을 돌아다니며 흑사군을 처리했다.

다들 자결을 택했지만, 그러지 않고 도망간 흑사군도 있었다.

자신과 싸우다가 도망간 흑사군의 기운을 역으로 찾아내어 도착한 곳은 황량한 바위 사막이 끝없이 펼쳐진 이름 없는 행성이었다.

그곳에는 지어진 지 얼마 되지 않아 보이는 거대한 건물이 있었다.

바로 노이즈가 영웅을 찾기 위해 그가 있는 우주에 만든 전진기지였다.

"여기가 맞나? 일단 도망가는 놈들 기운이 이곳으로 이어지긴 했는데……."

황량한 사막 위에 덩그러니 있는 건물을 보며 인상을 찡그리는 영웅이었다.

잘못 찾아왔나 싶어 건물 안을 투시하자 자신이 찾던 흑사군이 바글거리는 것이 보였다.

"제대로 찾아왔네. 여기가 검댕이들의 본거지인가?"

영웅은 크게 심호흡하고는, 이내 입을 크게 벌리며 소리를 질렀다.

"나와라!"

쿠르르르르−!

영웅의 목소리에 대지가 진동하며 울렸고 건물이 흔들리면서 외벽이 떨어져 나가기 시작했다.

그러자 건물 안에서 검은 갑옷들이 시커멓게 쏟아져 나왔다.

그리고 그들과는 또 다른 자가 영웅이 있는 방향으로 천천히 날아오고 있었다.

그는 다른 이들과 달리 갑옷을 착용하지 않은 상태였다. 푸른 비늘 모양의 피부와, 눈이 좌우로 감기는 특이한 신체를 가진 남성체였다.

그는 영웅을 보자마자 정말로 반가운 표정으로 미소를 지으며 말했다.

"네놈이구나! 크크크. 조금 전에 막 보고를 받은 참이다. 네놈을 잡으려고 막 나서려던 참이었는데 이렇게 알아서 찾아오다니."

"넌 또 뭐야?"

"크크큭. 나는 카오스님의 부관 노이즈다."

"나오라는 카오슨지 뭔지는 안 나오고. 혹시 나한테 겁먹어서 다른 곳으로 피한 거냐?"

영웅이 이죽거리며 말하자 노이즈의 푸른 얼굴이 짙은 남색으로 변했다. 몸의 비늘들은 일제히 곤두서며 분노를 토해냈다.

"이놈! 이 우주의 지배자이신 카오스님을 감히 그렇게 말해? 전군은 들어라! 저 벌레 같은 놈을 향해 총공격을 시작해라!"

노이즈의 명령에 그곳에 있는 수천에 달하는 흑사군이 일제히 영웅을 향해 달려들기 시작했다.

시커멓게 몰려오는 흑사군을 바라보던 영웅이 입가에 즐거운 미소를 지으며 신나게 외쳤다.

"좋아! 같이 놀아 볼까?"

퓨앙-!

말이 끝남과 동시에 빛살처럼 흑사군이 있는 방향으로 날아가 흑사군 무리의 중심으로 이동했다.

영웅은 시커먼 흑사군을 바라보며 미소 지었다.

"좋아. 그동안 너무 강해서 써먹지도 못했던 것들 여기서 모조리 다 사용해 보자."

무림에서 배운 무공, 판타지 세상에서 배운 마법, 그리고 그 외 여러 기술까지.

전부 사용할 생각에 신이 난 영웅이 날뛰기 시작했다.

"알고서 맞아라! 이것은 묵룡파천신공(墨龍破天神功)이라 불리는 것이다!"

영웅의 주먹에서 푸르스름한 기운들이 생겨났고 이내 그것은 흑사군이 있는 쪽으로 내질러졌다.

그러자 하늘에서 떨어지는 유성우(流星雨)처럼 푸른 강기의 주먹들이 흑사군 무리가 있는 곳으로 쏟아져 내렸다.

"묵룡유성탄(墨龍流星彈)!"

콰콰콰콰쾅-!

영웅의 묵룡유성탄이 흑사군이 있는 곳에 떨어지며 거대한 폭발들이 연쇄적으로 일어났다.

파괴력이 얼마나 강한지 그곳의 지형 자체가 바뀌고 있었다.

말도 안 되는 공격을 시행하고도 부족했는지 곧바로 지형 전체에 거대한 진을 형성하는 영웅이었다.

"묵룡파천진(墨龍破天陣)!"

파(破)라는 글자가 동그란 원 안에 거대하게 새겨지며 푸른 빛을 내기 시작했다.

"폭(爆)!"

쩌저저저정—!

투콰콰콰쾅—!

지면의 흙들이 폭발로 인해 하늘 높이 솟구치며 그곳 지형을 완전히 가루로 만들고 있었다.

폭발로 인해 만들어진 흙먼지들이 짙은 구름처럼 지면을 뒤덮고 있어 아무것도 보이지 않았다.

"크하하! 신나는구나!"

순간 그 짙은 먼지구름 사이로 검은 물체들이 뚫고 나타나 영웅을 향해 달려들고 있었다.

그 모습에 영웅은 아주 만족한 미소를 지으며 중얼거렸다.

"역시 튼튼하단 말이야. 평소에 써 보고 싶었던 기술들을 이렇게 마음껏 사용해도 되니 정말 신나는군."

영웅이 신나 있는 이유가 바로 이것이었다.

무공을 배우면 뭐 하고 마법을 배우면 뭐 하겠는가.

써먹을 수가 없는데.

자신이 사용하면 아무리 작은 기술이라도 엄청난 위력을 가진 기술로 변모해 버리니 함부로 쓸 수가 없었다.

그래서 힘 조절이 가장 편한 주먹질을 주로 사용했었는데, 지금 영웅의 마음속에 있던 갈증을 해소할 장난감들이 나타난 것이다.

이런 영웅의 마음을 아는지 모르는지, 흑사군은 그저 영웅을 향해 끊임없이 공격을 퍼붓고 있었다.

흑사군의 공격은 하나같이 평범하지 않았다.

하나하나가 전에 싸웠던 해모수급의 전투력을 지닌 놈들. 그런 놈들이 진심으로 전력을 다해 쏘아 대는 공격이 평범할 리가 없었다.

지금까지 이들의 공격을 이렇게까지 막아 낸 종족은 존재하지 않았다.

그것은 뒤에서 경악하며 바라보는 노이즈를 보면 알 수 있었다.

"저, 저놈들의 공격을 저렇게 쉽게 막아 낸다고? 그, 그럴 리가 없는데?"

노이즈가 경악하는 이유가 있었다.

흑사군은 그냥 평범한 군사들이 아니었다.

그들은 멸망 그 자체였다.

과거 엄청나게 과학이 발달한 종족이 있었다. 이들은 자신들의 과학력을 이용해 천체우주의 존재를 발견했고, 그것을 정복하기 위해 우주 간 워프를 할 수 있는 우주선을 개발해 냈다.

거기까지는 좋았다. 그러나.

이들은 다른 대우주로 넘어가 그곳의 질서를 어지럽히기 시작했다.

엄청나게 발달한 문명 앞에 다른 차원의 대우주는 속수무책으로 정복당했다.

우주의 섭리가 깨지는 일이었다.

이런 엄청난 문명을 지닌 종족을 멸망시킨 것이 바로 흑사군.

그것도 단 세 명이 한 일이었다.

압도적인 힘 앞에 초하이테크 문명은 바람 앞에 등불일 뿐이었다.

흑사군의 칼질 한 방에 거대 로봇이 박살 났고 그들의 주먹 한 방에 도시가 사라졌다.

거대한 우주 전함의 초전자 포 역시 그들에게 어떤 대미지도 입히지 못했다.

그렇게 단 세 명의 흑사군에게 천체우주 사상 가장 발달한 문명 하나가 멸망하였다.

그런 흑사군 수천이 지금 영웅 하나를 잡기 위해 전력을 다해 공격하고 있었다.

하나하나가 문명을 말살할 수 있는 존재들.

그런 존재들의 공격에도 즐거워하며 상대하고 있는 영웅의 모습은 노이즈를 놀라게 하기 충분했다.

"저건 마치⋯⋯. 즐기고 있는 것 같잖아."

즐기고 있는 것 같은 게 아니고, 정말로 즐기는 중이었다.

"하하하하! 재밌다! 그래! 이런 해방감! 나는 이런 걸 원했어! 하앗! 묵룡강천우(墨龍罡天雨)!"

자신을 쫓아 몰려오는 흑사군을 향해 영웅이 하늘 위로 셀 수도 없이 많은 강기 구슬을 만들어 흑사군을 향해 날렸다.

쩌저저정-!

"끄아아악!"

처음으로 공격이 먹혔는지 비명이 들려왔다.

그 비명에 영웅의 입가에 미소가 더욱더 진해졌다.

"그래! 그거야! 그 소리란 말이야! 하하하!"

공격이 먹히자 신이 난 영웅은 손에 하얀 광구를 소환했다.

쯔잉- 쯔잉- 쯔잉-!

손에서 끊임없이 생성되는 하얀 광구의 정체는 바로 헬파이어였다.

"헬파이어 10중첩이다! 받아라!"

쿠아-!

투수가 와인드업해서 던지는 것처럼, 몸을 움직여 묵룡강천우를 받아 비틀거리는 흑사군을 향해 힘껏 던진 영웅.

그것은 공기를 가르다 못해 찢어발기며 흑사군을 향해 날아갔다.

그리고 그들의 앞에서 눈이 부실 정도로 환한 빛을 사방에 뿌리며 폭발했다.

번쩍-!

얼마나 위력이 강한지 폭발을 했음에도 그 어떤 소리도 들리지 않았다.

마치 모든 소리를 집어삼킨 듯이 헬파이어가 터진 그곳에 그 어떤 소리도 존재하지 않았다.

하지만 이어지는 비명이 그 고요함을 깨뜨렸다.

"끄아아악!"

괴로워하는 흑사군을 보며 영웅이 미소를 지었다.

"역시 창조력을 섞어 공격하니 먹히는군. 그렇다면 저놈들은 육신이 존재하지 않는다는 건데. 존재하지 않는다면 만들어서 고통을 주면 되지."

그 말과 함께 더더욱 많은 창조력을 손에 집중하는 영웅이었다.

그 힘을 느낀 노이즈가 화들짝 놀라며 재빠르게 외쳤다.

"비, 빌어먹을! 차, 창조력이군. 흑사군의 유일한 약점을 저놈이 어찌 알았지? 다, 당장 후퇴해! 당장!"

노이즈의 외침에 영웅이 미소를 지으며 말했다.

"누구 맘대로 후퇴야. 올 때는 마음대로였지만 갈 때는 아니란다."

그 말과 동시에 영웅은 창조력을 잔뜩 머금은 주먹을, 있는 힘껏 뒤돌아 달아나는 흑사군을 향해 날렸다.

쿠아아아−!

영웅이 날린 거대한 권풍은 도망가는 흑사군을 그대로 덮쳤다. 흑사군은 그 공격을 맞고 추풍낙엽처럼 바닥으로 힘없이 떨어져 내렸다.

후두두둑−!

무려 수천이었다.

수천의 흑사군이 단 한 방의 주먹질에 제압당해 버린 것이다.

그것을 본 노이즈는 확실하게 깨달았다.

카오스의 사념체를 박살 낸 놈이 영웅이라는 것을.

아무리 노이즈가 강하다고 해도 영웅이 한 것처럼 저렇게 흑사군 무리를 손쉽게 제압할 수는 없었다.

'빌어먹을, 저렇게 강하다니. 어쩌지?'

고민하던 노이즈는 일단 이곳에서 벗어나 카오스에게 보고하기로 마음먹고 몸을 빼내려고 했다.

하지만.

"어디 가려고? 섭섭하게. 너랑 놀려고 실컷 다 정리해 놨는데."

"하하……. 그, 그게 가 볼 데가 생겨서 말이지."

노이즈가 식은땀을 흘리며 말하자, 영웅이 미소를 지으며 말했다.

"내가 선약 아냐? 그럼 안 되지."

입가에 미소를 띤 채 주먹을 말아 올리는 영웅이었다.

"로드……. 찾았습니다."

노이즈는 카오스를 찾아가 그의 사념체를 소멸시킨 자를 찾았다고 보고했다.

"그래? 어? 너 모습이 왜 그래?"

"벼, 별거 아닙니다."

"별거 아니긴? 상태가 엉망인데? 설마……. 그놈이랑 붙었냐?"

"……."

"당했구나?"

"저…… 로드."

"왜?"

"웃는 것처럼 보이는 것은 제 착각이겠죠?"

"무, 무슨 소리야? 다, 당연하지! 내 수하가 당하고 왔는데 내가 웃다니! 나 그런 놈 아니다."

"……알겠습니다."

"흐음, 괘씸하네. 감히 내가 가장 아끼는 수하를 이 꼴로 만들다니."

카오스가 자신의 턱을 긁으며 눈과 입이 탱탱 부어올라 불쌍하게 보이는 노이즈를 바라보았다.

"그나저나 너를 그렇게 만들 정도면……. 놈의 강함은 진짜라는 건데."

"수천의 데스나이트가 그자에게 어떤 타격도 입히지 못하고 전멸했습니다."

"뭐? 데스나이트를?"

"네, 그들은 데스나이트를 흑사군이라 부르더군요."

"뭐, 이름이야 뭐라 부르든 상관없다. 그놈들이 당했다는 것이 중요하지."

노이즈는 연신 카오스의 눈치를 살피며 계속 머뭇거렸다. 그에 카오스가 인상을 찡그리며 말했다.

"너 뭔가 할 말 있지? 뭔데? 말해."

"그, 그자가 감히 로드께 전하라는 말이 있습니다."

"나에게?"

"네."

"말해."

"직접 만나서 이야기를 하자고 합니다. 장소는 자신이 정할 테니 그곳으로 오라고."

"뭐? 하하하하하! 재밌네, 재밌어."

카오스가 정말로 재밌다는 듯이 크게 웃었다.

그러고는 이내 한쪽 입꼬리를 올리며 말했다.

"간만에 두근거리는군. 그래, 어디야?"

"저, 정말로 가시려는 것입니까? 로드! 그깟 인간 놈이 오란다고 가시면 로드의 체통이……."

"내 체통이 뭐? 내 체통은 데스나이트랑 네가 당하고 오면서 이미 구겨졌거든?"

"죄송합니다."

"됐어. 궁금하기도 하고 간만에 힘쓸 일이 생겨서 기쁘기도 하니까. 뭐, 겸사겸사 네 복수도 해 주고 올게."

"감사합니다."

"그럼 내놔."

카오스의 말에 노이즈가 영웅이 말한 곳의 좌표와 그곳의 지명을 이야기해 주었다.

"별들의 무덤. 거기 잘 알지. 좋아, 갔다 온다. 집 잘 보고 있어라."

퓨숙-!

순식간에 자취를 감춘 카오스.

노이즈는 카오스가 서 있던 곳을 바라보며 불안한 마음으로 중얼거렸다.

"설마…… 로드께서 지는 것은 아니겠지? 내가 무슨 생각을……. 로드는 이 우주를 다스리는 절대자다. 암! 절대로 질리가 없다."

그렇게 마음속으로 되뇌었지만 불안한 마음은 어쩔 수 없었다.

별들의 무덤.

어느 은하를 지칭하는 말이었다.

과거 초하이테크 문명을 자랑하던 종족이 지배하던 은하였다.

이후 카오스의 분노로 이곳에 있는 모든 생명체가 사라지자 이런 별칭이 붙여졌다.

정말로 이 은하에는 그 어떤 생명체도 존재하지 않았다.

영웅은 카오스에 관한 이야기를 듣던 중에 나온 이곳을 기억해 내고 노이즈에게 위치를 물어 이동했다.

그리고 카오스를 초대했다.

"여긴 간만이네."

과거를 추억하며 자신이 만들어 놓은 죽음의 은하를 둘러보는 카오스.

"네가 카오스냐?"

그때 어디선가 들려오는 목소리에 카오스가 놀란 눈으로 고개를 돌렸다.

"너……. 아니 내가 기척을 읽지 못했다고?"

카오스는 영웅이 다가올 때까지 전혀 알아차리지 못한 것에 정말로 놀라고 있었다.

자신이 누군가.

이 우주를 지배하는 지배자이며 이 우주에 있는 모든 종족의 생사여탈권을 쥐고 있는 절대자였다.

딱히 크게 신경을 쓰고 있지 않아서 그렇지, 그가 마음만 먹는다면 우주 전체에 존재하는 모든 존재의 기운을 느낄 수 있는 자가 바로 그였다.

카오스는 이곳에 도착하자마자 영웅을 찾기 위해 사방을 주시하고 있었음에도 그가 다가오는 것을 느끼지 못한 것이다.

"너…… 진짜구나?"

"너야말로 정말 강하군."

영웅은 카오스를 보며 진심으로 놀랐다.

저런 엄청난 기운을 가진 존재는 처음이었다.

'해모수는 애들 장난이군.'

처음으로 긴장이라는 것을 느끼는 영웅을 보며 카오스가 미소를 지었다.

"이런 걸 두근거림이라고 하나? 기분 좋은데?"

영웅이 정말로 강하다는 것을 깨달은 카오스가 진심으로 기쁜 표정을 지으며 영웅을 바라보았다.

카오스의 말에 영웅은 잠시 멍한 표정을 짓더니 이내 피식하고 웃었다.

자신 역시 이런 강자를 얼마나 기다려 왔던가.

카오스라면 자신의 갈증을 풀어 줄 것만 같았다.

"그럼 시작할까? 이곳에선 마음껏 날뛰어도 되겠지?"

"크크크, 당연하지."

카오스가 손을 까닥이며 영웅에게 말했다.

"와라."

영웅은 사양하지 않았다.

곧바로 카오스가 있는 곳을 향해 몸을 날렸다.

슈팍-!

그리고 카오스를 향해 맹렬하게 주먹을 휘둘렀다.

투가가가-!

파파파팍-!

진심을 다해 하는 영웅의 공격을 입가에 미소를 가득 머금은 채 막아 내는 카오스. 그를 보며 영웅 역시 미소를 지었다.

그러고는 본격적으로 힘을 쓰기 시작했다.

단 한 번도 사용해 본 적이 없던 진짜 힘을 말이다.

갑자기 돌변하는 영웅의 기세에 카오스도 표정을 굳히며

진지하게 변했다.

'정말로 강하군. 그런데 이 기운…… 어디서 느껴 봤더라?'

영웅의 몸에서 피어오르는 기운을 보며 살짝 긴장한 카오스. 이 기운이 낯설지 않았다.

하지만 생각을 계속 이어 갈 수는 없었다.

영웅의 진짜 힘이 담긴 주먹이 그의 안면을 향해 날아오고 있었기 때문이다.

푸하항-!

지금까지 여유 있게 영웅의 공격을 막던 것과는 달리, 카오스는 다급하게 순간 이동으로 그곳을 빠져나왔다.

쿠쿠쿠쿠-!

영웅의 주먹이 날아간 방향에 있던 거대 행성이 반으로 쪼개지며 폭발하기 시작했다.

행성이 폭발하면서 오는 엄청난 후폭풍에도 아랑곳하지 않고 다시 카오스가 있는 방향으로 움직여 그를 공격하는 영웅이었다.

그런 영웅을 향해 카오스가 눈에서 하늘색의 광선을 발사했다.

쯔아앙-!

정확하게 자신을 조준해서 날아오는 광선을 요리조리 피하며 카오스에게 접근하는 영웅.

광선은 영웅을 지나치며 멀찍이 있는 행성들을 파괴하고

있었다.

　카오스의 공격을 피해 가며 근접한 영웅이 다시 있는 힘껏 주먹을 날리려는 그때.

　카오스의 신형이 사라지고 그 앞에 거대한 행성이 자신을 향해 맹렬한 기세로 날아오는 것을 보았다.

　영웅은 조금의 머뭇거림도 없이 자신을 향해 날아오는 행성을 향해 주먹을 내질렀고 달 크기 정도의 행성은 그대로 산산조각이 나면서 사방으로 퍼졌다.

　행성으로 시야를 가리고 영웅이 행성을 폭발시키자 그 사이를 비집고 들어와 영웅을 공격하는 카오스였다.

　슈각-!

　쩌엉-!

　카오스의 공격을 영웅이 재빨리 막아 내었고 이내 둘은 진지한 표정으로 공수를 주고받기 시작했다.

　영웅과 카오스의 주먹이 맞부딪칠 때마다 행성이 파괴될 때 나오는 파동의 위력이 끊임없이 퍼져 나갔다.

　그러다가 아주 잠깐 동안 전투가 멈췄다.

　"크하하하! 즐겁다! 이거지! 이거야!"

　연신 진지한 표정을 지었던 카오스의 표정이 이내 환하게 변해 갔다. 그는 진심으로 즐거운지 연신 웃음을 터트렸다.

　영웅 역시 만족스러운 미소를 지으며 카오스를 바라보았다.

"나는 네가 마음에 든다!"

"나 역시."

둘은 서로를 바라보며 미소를 지었고 이내 다시 움직였다.

카오스가 팔을 휘두르자 그곳에 존재하지 않았던 거대한 행성들이 모습을 드러냈고 이내 영웅을 향해 맹렬하게 날아 갔다.

영웅을 향해 날아가는 행성들은 작은 태양과 같았다.

이글거리는 열기는 모든 것을 소멸시킬 것 같았다. 그런 행성이 한 개도 아니고 여러 개가 영웅을 향해 날아가고 있 었다.

"메테오인가? 확실히 스케일이 다르군."

지구만 한 크기의 태양이 날아오는데 저걸 메테오라고 부 를 수 있을까?

영웅만이 가능한 생각이었다.

영웅은 자신의 힘을 극한까지 끌어올리기 위해 홍익인간 족의 기술인 진각성초인권을 사용하고는 자신을 향해 날아 오는 행성들을 향해 주먹을 내질렀다.

영웅의 주먹에서 나간 말도 안 되는 힘은 자신을 향해 날 아오는 거대 행성들을 말 그대로 소멸시켜 버렸다.

행성을 소멸시킨 영웅은 뒤에서 느껴지는 싸늘한 기운에 재빨리 몸을 피하려 했다.

퍼억-!

"크흑!"

카오스의 주먹이 한발 빠르게 영웅의 옆구리에 꽂혔고 영웅은 힘을 각성한 이후로 처음 고통이라는 것을 느꼈다.

고통을 느낌과 동시에 무릎을 들어 올려 카오스의 안면에 반격을 가했지만, 한발 빠르게 피해 버린 카오스를 맞추지 못했다.

간만에 느낀 고통이 영웅의 반응을 늦춘 것이었다.

원래였다면 카오스를 놓치는 일은 없었을 것이다.

"대단하네. 나 고통을 느껴 본 것이 정말 오랜만이야."

"크크, 영광이라고 해야 하나? 나는 죽일 기세로 휘두른 것인데 겨우 신음으로 끝나다니. 대단하군."

"영광으로 알아도 된다. 내 몸에 손을 댄 것도 그리고 나에게 고통을 끌어낸 것도 네가 유일하니까."

"나 카오스가 이런 취급을 받다니. 첫 경험이라 그런가, 신선하군."

"너의 공격 방식도 신선했어. 세상에 행성 자체를 나에게 날릴 줄이야."

"보통은 기겁하고 도망가는데. 그걸 정면에서 소멸시켜 버리다니. 너도 상식을 초월하는 존재군."

그렇게 말하며 연신 고개를 갸웃거렸다.

머릿속에서 무언가가 떠오를 듯하면서 떠오르지 않는 답답함.

그것이 지금 카오스를 괴롭히고 있었다.

'분명 저 힘, 어디서 느껴 봤는데. 결코 평범한 힘이 아니야.'

그런 생각을 하며 잠시 정신을 판 사이, 어느새 카오스의 앞까지 이동한 영웅이 미소를 지으며 말했다.

"전투 중에 딴생각이라니. 나를 얼마나 우습게 안 거야?"

"헉! 자, 잠깐."

후웅-!

퍼억-!

"크흑!"

영웅의 주먹에 정통으로 맞은 카오스는 엄청난 속도로 한참을 날아갔다. 그렇게 날아가는 카오스에게 순식간에 이동한 영웅은 그대로 몸을 한 바퀴 돌려 발뒤꿈치로 그의 복부를 내려찍어 버렸다.

쩌엉-!

있는 힘껏 내려쳐서인지 엄청난 소리와 함께 뒤에 있는 행성으로 날아가는 카오스.

쿠콰콰콰쾅-!

카오스와 부딪힌 행성이 반쪽으로 갈라졌고 갈라진 반쪽이 멈칫하더니 이내 영웅을 향해 날아왔다.

영웅은 조금 전에 당했던 것을 생각해 순간 이동으로 그것을 피하고 카오스를 찾았다.

하지만 영웅이 예상했던 장소에는 카오스는 없었다.

순간, 엄청난 기운이 느껴졌다.

뒤를 돌아보니 카오스가 양손에 어마어마한 기운을 모은 채 영웅을 노려보고 있었다.

"이것이 고통이라는 것이군. 나에게 고통을 주는 기운이라니. 정말 기분 더럽네. 어디 이걸 맞고도 멀쩡한지 보자! 하앗!"

카오스가 양손에 모은 거대한 기운은 한 줄기 광선이 되어 영웅을 향해 빛보다 빠른 속도로 쏘아졌다.

쯔앙-!

심상치 않은 기운에 영웅은 순간 이동을 사용하려 했는데 갑자기 몸이 아주 잠깐 움직이지 않았다.

찰나의 시간이었지만 그 결과는 엄청난 것이었다.

퍼퍼펑-!

카오스가 날린 기운은 그대로 영웅의 몸에 적중했고 그 힘에 밀려 반대편에 있는 행성을 향해 끝도 없이 날아갔다.

그 모습을 보며 카오스가 고개를 절레절레 흔들었다.

"헉헉. 온 힘을 다해 못 움직이게 붙잡았는데 엄청나게 빨리 움직이네. 저게 무슨 인간이야, 괴물이지. 아이고, 힘들다."

콰콰쾅-!

이내 영웅의 몸이 행성과 부딪혔고 달 크기의 행성이 움푹

파이면서 거대한 크레이터를 만들었다.

카오스는 긴장을 늦추지 않았다.

방금 카오스가 날린 기술은 태양계 같은 행성군을 날려 버릴 때 사용하는 기술이었다.

심지어 그것을 한 점에 집중하고 또 집중해서 극한까지 응축해 공격한 것이다.

행성군을 소멸시킬 정도의 힘을 집중시켜서 영웅에게 날려 버린 것이다.

그런데도 카오스는 긴장의 끈을 놓지 않고 있었다.

"역시 내 예상대로군."

카오스는 침을 꿀꺽 삼켰다.

저 인간의 탈을 쓴 괴물은 자신의 공격을 맞고도 아무렇지도 않게 보란 듯이 기세를 온 우주에 뿌리고 있었다.

"어째 점점 더 강해지는 거 같은데. 이 익숙한 기운……."

핑−!

순간 카오스의 귀에 섬뜩한 소리가 들렸다.

이건 무조건 피해야 한다는 생각과 함께 몸을 움직이려 하는 순간, 몸이 굳어 버렸다.

자신의 기술을 그대로 따라 한 것이다.

"이, 이런 말도 안 되는……. 미친 괴물이……."

그리고 카오스의 불안함은 적중했다.

영웅이 정말로 무서운 얼굴을 하고 자신을 향해 맹렬하게 날아오고 있었다.

그리고 카오스의 눈에 소름이 돋을 정도로 강력한 기운이 응축된 주먹이 보였다.

저것에 맞으면 아무리 자신이라도 무사하지 못할 거라는 생각이 들었다.

"으드득!"

카오스는 자신이 가진 모든 기운을 방어 쪽으로 돌렸다.

일단 피해를 최소화하고 보겠다는 생각이었다.

쩌엉-!

"커헉!"

한 방.

쩌정-!

"끄어억!"

두 방.

그리고 이어지는 난타.

퍼퍼퍼퍼퍼퍼퍼퍽-!

카오스는 정신을 차릴 수가 없었다.

고통이라는 것은 전혀 익숙해지지 않았다.

"그, 그만!"

쩌적-!

그만이라는 간절한 외침과 함께 영웅의 온 힘이 담긴 듯한 최후의 한 방이 더해졌다. 카오스가 검은 연기를 입 밖으로 내뱉으며 뒤에 있는 행성을 향해 맹렬한 기세로 날아갔다.

콰콰쾅-!

카오스는 영웅의 마지막 타격에 빛보다 빠른 속도로 또 다른 행성으로 떨어졌다.

거대한 행성은 카오스가 떨어지는 충격에 궤도를 이탈했고 휘청거렸다.

곧 지면이 갈라지고 행성 이곳저곳에서 화산이 분출하기 시작했다.

행성의 멸망이 시작된 것이다.

하지만 그런 것에 아랑곳하지 않고 영웅은 카오스가 떨어진 행성으로 몸을 날렸다.

깊게 파인 구덩이에 카오스가 힘겨운 모습으로 누워 있었다.

영웅을 발견한 카오스가 인상을 일그러뜨리며 중얼거렸다.

"쿨럭! 이, 이게 고통이라는 것이군. 이상하네. 나는 고통이라는 것을 느끼지 못하게 태어났는데. 어째서 고통을 느끼고 타격을 받는 거지? 그나저나 더럽게 아프군."

아무리 생각해도 이해가 되질 않았다.

자신은 우주를 다스리는 존재.

무(無)에 가까운 존재였다.

그런데 영웅은 그런 자신에게 충격을 주고 고통을 주고 있었다.

심지어 그 충격으로 인해 이렇게 지쳐서 움직이지도 못하고 있었다.

그런 카오스를 영웅은 가만히 지켜보았다.

점차 그의 몸이 회복되어 가는 것이 보였기에 그가 회복할 수 있도록 기다려 주는 것이다.

그런 영웅을 보며 더더욱 황당했다.

우주의 신인 자신이 이런 대접을 받았던 적이 있던가?

그보다 느긋하게 자신을 기다리는 영웅이 두려웠다.

카오스는 회복하면서 자신의 몸 안에 남겨진 영웅의 기운을 살폈다. 파훼법을 찾기 위함이었다.

그런데 뭔가 익숙했다. 그 순간 번뜩 정신이 들었는지 고개를 들며 외쳤다.

"헉! 이, 이 기운은! 너, 너 역시 이 힘을 가지고 있었나?"

카오스의 외침에 영웅이 고개를 갸우뚱거렸다.

"뭔 소리지? 내 힘이 왜?"

"그랬군, 그랬어. 그래서 그렇게 강한 것이군."

"무슨 소리냐니까?"

"크큭, 모르는 것이 당연하겠지. 그나저나 특이한 일이군. 그분은 자신의 힘을 남겨 두지 않으시는데……."

카오스는 계속 영문을 모를 소리만 해 댔다.

이에 답답한 영웅이 다시 주먹을 말아 쥐며 공격 자세를 취하고는 말했다.

"말 안 해 줄 거면 계속 간다!"

그러자 카오스가 재빨리 손을 내저으며 말했다.

"아! 그, 그만. 너와는 더 싸우지 않을 거다. 너와 나는 형제나 다름없다. 너 역시 나와 같이 그분의 힘을 지녔으니까. 그리고…… 네 주먹은 너무 아프다. 그만하자."

"그분? 너랑 나랑 같은 힘을 지녔다고? 그게 무슨 말이지?"

영웅은 고개를 갸웃거렸다.

분명 카오스가 이 우주의 최강자이며 지배자고 절대자라고 했다.

그런 카오스가 그분이라 부르는 자가 있다니.

거기에 자신과 같은 힘을 가졌다고 말하고 있었다.

"내 힘이 네가 말한 그분과 연관이 있는 것이냐?"

영웅의 물음에 카오스가 고개를 끄덕였다.

"그렇지."

"자세히 들어 볼 수 있을까?"

"그, 그럼 이제 더 안 싸울 거지?"

"그래."

영웅이 고개를 끄덕이자 그제야 환한 얼굴로 안심하는 카오스였다.

노이즈는 황당한 표정으로 고개를 번갈아 가며 돌리고 있었다.

카오스가 영웅의 어깨에 손을 올리고 세상 친근한 표정으로 돌아왔기 때문이었다.

분명 자신의 복수를 해 준다고 나갔는데 친구가 되어서 돌아오다니.

"이게 무슨 의미입니까?"

노이즈의 물음에 카오스가 미소를 지으며 말했다.

"아, 싸우다 보니 우리는 적이 아니더라고. 이를테면 가족이랄까? 형제? 뭐, 암튼 남은 아니지."

"네?"

노이즈는 이게 도통 무슨 소린지 알 수가 없었다.

"그분의 힘을 가지고 있다."

카오스는 혼란스러워하는 노이즈에게 저 말을 했다. 노이즈는 잠시 멍하니 서 있다가 이내 화들짝 놀라며 뒷걸음질을 쳤다.

"에엑! 그, 그분이라 하심은……. 서, 설마 코스모스님?"

"그래. 내가 그분이라 부를 분이 그분밖에 더 있냐?"

"저, 저 인간에게 그분의 힘이 느껴진다고요?"

"그래, 심지어 나보다 더 진해."

"그, 그게 말이 됩니까? 그, 그분이 어째서?"

노이즈는 말도 안 된다는 표정으로 영웅을 바라보며 중얼거렸다.

그러자 영웅이 인상을 찡그리며 말했다.

"도대체 무슨 소리야? 알아듣게 좀 말해!"

"네가 가진 그 힘. 그것은 코스모스님의 기운이다."

"코스모스?"

"모르는군. 그분은 이 우주를 창조하시는 분이시다. 나도 그분에 의해 태어났고 그분에게 약간의 힘을 받아 이렇게 우주를 다스리고 있지. 그런데 너는……."

"나는 뭐?"

"이해가 안 되지만……. 그분의 힘을 과하게 받았다. 도대체 모르겠군. 그분의 뜻을 말이야."

"그러니까 내가 가진 힘의 정체가 우주를 창조하는 신의 기운이라는 거야?"

"신이라……. 뭐 그렇게 생각하는 게 편하다면 그렇게 생각해. 그래, 그분의 기운이다. 네 몸속에 있는 그 말도 안 되는 기운은. 심지어 지금도 점점 강해지고 있군. 정확하게는 그분의 기운이 네 몸에 완벽하게 융화되는 중이지."

코스모스.

우주 그 자체이자 우주를 창조하는 자이다.

다만, 창조하는 것에만 관심이 있기에 자신이 만들어 낸 것들에 대해선 전혀 신경을 쓰지 않는 존재였다.

그래도 관리는 해야 했기에 자신의 힘을 조금씩 떼어 내어 만든 것이 바로 우주의 관리자인 카오스였다.

카오스는 그 힘을 이용해 생명을 만들고 종족을 창조하고 멸하며 우주의 균형을 지켜 왔다.

그런데 영웅은 그런 자신보다 더 많고 진한 코스모스의 기운을 지니고 있었다.

카오스는 영웅에게 코스모스에 관한 이야기를 자세히 해 주었다.

한참 동안 이야기를 들은 영웅은 이제야 모든 의문이 풀리는 기분이 들었다.

말도 안 되는 힘이 어디서 왔는지를 알게 된 것이다.

"그럼 그 코스모스님은 어디에 계시지?"

"코스모스님? 모르지. 지금도 어딘가에서 새로운 우주를 창조하고 계실 테니. 그분은 절대로 찾을 수 없어. 그런 존재시니까."

"그렇군. 그럼 너와 나의 대결은 이대로 끝?"

"또 말해 줘야 하나? 나는 너를 이길 수 없다. 이길 수도 없는데 뭐 하러 힘을 써."

"그렇게 쉽게 패배를 인정해도 돼?"

"뭐 사실이니까. 아무리 머리를 굴려도 너를 이길 방법이 생각나지 않는다. 널 이기려면 연구를 해야 하는데……."

카오스의 말에 영웅이 턱을 긁적였다.

자신도 즐거웠기 때문이었다.

"그러지 말고 가끔 한 번씩 붙자. 대련으로."

"대련?"

"그래. 그럼 나를 연구할 수 있을 거 아니야."

영웅의 말에 카오스의 표정이 환해졌다.

"정말? 그래 줄 거야? 그런데 왜 그렇게까지 하지? 내가 너보다 강해지면 어쩌려고?"

"너도 알잖아. 압도적인 강함은 생각보다 외롭다는 거."

영웅의 말에 카오스가 이해했는지 고개를 끄덕였다.

"그보다 네 부하 내가 엉망으로 만들어서 미안하다."

"괜찮아. 다시 만들면 돼. 아! 걔들이 엉망으로 만든 행성들은 내가 책임지고 원상 복구를 시켜 주지."

"그럴 필요 없어. 이미 내가 전부 복구시켜 두었으니."

"크큭, 역시. 그분의 힘이 제대로 각성을 했군. 지금의 너라면 작은 소우주 정도는 쉽게 창조할 수 있을 거다. 아마 대우주도 어렵지 않을걸. 어때? 이 기회에 진정한 창조주가 되어 보는 것이?"

"됐다. 그런 번거로운 것은 딱 질색이다. 그건 그렇고 이제 설명을 좀 해 주지."

"뭘?"

"홍익인간족과 무라트족에 관한 이야기."

"아, 그거. 별거 없다. 이곳 우주에 있는 네가 말한 그 홍익인간족이라는 것들이 너무 창조를 열심히 해서 조절하기 위해 사념체가 움직인 것이었을 테니. 아마, 다른 대우주에서도 그런 일들이 비일비재로 벌어지고 있을 것이다."

"그래서 사념체를 불어 넣어 그들의 분란을 조장한 것인가? 서로 싸워서 수를 줄이게끔?"

"그게 가장 손쉬운 방법이니까. 사념체들에게 그 우주에 생명체가 일정량 수준으로 올라가면 정리하라고 내 의지를 심어 두었지."

"그런데 왜 네 사념체가 사라졌는데 곧바로 오지 않았지?"

"네가 너무 빨리 없애서 미처 파악하지 못했다. 나는 우주의 신이기는 하지만 완벽하지는 않다고. 그리고 이 천체우주에 그런 대우주가 몇 개나 되는지 아는가. 수만 개가 넘어간다. 거기에 뿌린 사념체들을 어찌 일일이 다 지켜보냐? 그런 귀찮은 짓을 딱 질색이다. 어차피 사념체들에게 위기가 찾아오면 내가 알 수 있으니까. 그때 대응하면 되는 것이고."

"게으른 신이었군."

"야, 너도 수만 년을 이렇게 살아 봐. 창조하고 소멸하고를 반복하는 것이 얼마나 지겨운 일인지 알아? 열정적으로 움직이는 것도 처음에만 그러지. 어떤 때는 차라리 너희같이 수명이 정해진 것들이 부러울 때가 있다고. 물론, 너는 나처럼 무한한 삶을 살겠지만."

카오스의 말에 영웅은 고개를 끄덕였다.

대충 궁금했던 것들이 해소되었다.

"그럼 홍익인간족에 대해선 모른다는 것이군."

"모르지. 이 많은 우주에 존재하는 종족들을 내가 다 기억하진 않아. 내 의지가 심어진 사념체가 스스로 알아서 이 종족, 저 종족 옮겨 다니며 가장 적합한 종족을 찾아내 키우고 사라지게 하고를 반복하고 있을 거다."

자신이 살던 세상이 이렇게 대충 돌아가고 있다는 사실에 기가 막힌 영웅이었다.

더욱이 홍익인간족과 무라트족 간의 종족 전쟁의 이유가 이렇게 허무했다니.

"후우, 그렇군. 대충 내막도 알았고 여기 일도 정리된 것 같으니 나는 다시 돌아가겠다."

영웅의 말에 카오스가 눈을 반짝였다.

"지구라는 곳으로?"

"그래."

"그곳은 재밌나?"

카오스가 초롱초롱한 눈빛을 하고 묻자 영웅이 뭘 원하는지 알 것 같다는 표정으로 피식 웃으며 말했다.

"심심하냐? 같이 갈래?"

"정말? 그래도 돼?"

"그래, 가자. 내가 맛있는 것들을 대접하지."

"맛있는 것?"

"음식 말이다."

"그게 뭐야. 나는 음식을 먹지 않는다."

"저런……. 가장 큰 행복인데, 그걸 놓치며 살고 있었군."

가장 큰 행복이라는 영웅의 말에 카오스가 눈을 동그랗게 뜨고 물었다.

"그, 그 정도야?"

"내가 지구에 가서 보여 주지. 행복이 무엇인지. 그전에……. 네 모습 평범하게 바꿔라."

"크크, 걱정하지 마라. 지구에 가자마자 그곳에 있는 인간들과 똑같이 변할 테니."

"좋아. 그럼 바로 갈까?"

"정말? 크하하하! 그래, 가자! 노이즈!"

카오스는 영웅의 말에 힘차게 대답하고는 자신의 부관을 불렀다.

그러고는 주먹만 한 구슬을 내밀며 말했다.

"이, 이건 천체우주의 정수(精髓)가 아닙니까? 이, 이걸 왜 저에게?"

"자! 이제부터 네가 관리해."

"네?"

4장

천체우주를 자기에게 맡긴다는 카오스의 말에 노이즈가
펄쩍 뛰며 놀랐다.

"나 놀다 올 테니 잘 관리해라."

"로, 로드! 제, 제가 이 큰 우주를 어찌 다 관리합니까!"

"뭘 새삼스럽게 그래. 지금까지 다 네가 해 왔잖아."

"그, 그런 로드께서 도와주셨기에……."

"그래서 그걸 주고 가잖아. 그 안에 내 기운을 듬뿍 불어
넣었으니까 필요할 때 꺼내 써. 그리고 정 급한 일이 생기면
연락하고. 급할 일이 있을 리 없겠지만."

냉정하게 등을 돌린 카오스는 영웅을 재촉했다.

"가자, 어서."

"로, 로드!"

자신을 애타게 부르는 노이즈를 무시한 채 영웅과 함께 지구로 떠나 버리는 카오스였다.

⬥

"우와!"

후루룩- 쩝쩝-!

거대한 탁자 위에 엄청난 양의 음식들이 놓여 있었고, 카오스는 인간의 모습을 한 채 정신없이 음식들을 섭취하고 있었다.

그리고 가끔가다 입에 음식을 잔뜩 머금고는 영웅을 보며 엄지를 치켜들며 웃었다.

영웅은 어린아이 같은 모습의 카오스를 보며 피식 웃었다.

카오스를 지구에 데리고 온 뒤에 많은 일이 있었다.

영웅이 잠시 볼일을 보러 간 사이에 그에게 시비를 건 각성자들이 있었고 그로 인해 한바탕 난리가 났었다.

카오스의 기운에 분노가 느껴지길래 재빨리 와서 다행이었지, 하마터면 서울이 세상에서 사라질 뻔했다.

물론 다시 원상태로 돌려놓을 수는 있지만, 그건 귀찮은 일이었다.

카오스의 엄청난 기운은 영웅만 느낀 것이 아니었다.

무신회 사람들 역시 그 기운을 느끼고 다급하게 카오스가 있는 곳으로 달려왔다.

의도한 것은 아니지만 그날 그렇게 자신의 사람들에게 카오스를 소개하게 되었다.

소개하는 김에 아예 홍익인간족과 무라트족에게도 그를 소개했다.

카오스는 그들을 바라보며 두 종족을 이간질하고 서로를 미워하게 한 것을 무미건조한 말투로 사과했다.

"미안."

그게 끝이었다.

어쩌겠는가. 우주의 신이자 자신들의 창조주가 미안이라는데.

해모수는 카오스의 기운을 품고 있었던 탓인지 그를 보자마자 두려움에 덜덜 떨었다.

더 있다가는 사람 하나 잡겠다 싶어 카오스를 데리고 재빨리 그곳을 빠져나왔다.

과거 생각을 하던 영웅은 정말로 맛있게 음식을 먹고 있는 카오스를 바라보며 피식 웃었다.

누가 저자를 보고 이 우주를 다스리는 신이라 생각하겠는가.

한참을 맛있게 음식을 집어삼키던 카오스가 입가에 만족스러운 미소를 지으며 말했다.

"이야! 나는 왜 그동안 이런 즐거움을 모르고 살았을까? 이 음식이라는 것은 정말 기분을 좋게 만들어 주는군."

"정말 맛있었나 보네. 이로써 지구에 존재하는 모든 음식을 다 경험했군."

"벌써? 아쉽네."

더는 새로운 음식이 없다는 말에 아쉬운 표정으로 눈앞의 음식들을 바라보았다.

"이럴 줄 알았으면 천천히 음미하면서 아껴 먹을걸."

새로운 맛을 탐구하는 재미가 사라진 것이다.

그때 카오스가 두 눈을 반짝이며 영웅을 바라보았다.

"다른 우주는 어떨까?"

"응?"

"다른 대우주에 있는 지구의 음식은 여기와 다르지 않을까?"

카오스의 말에 영웅의 눈이 반짝였다.

그건 좀 흥미로운 주제였다.

자신도 먹는 것은 좋아했다.

물론 화이트 웜홀 속 세상에서도 많은 음식을 경험하기는 했지만, 그것은 지금 자신이 몸담은 이곳 대우주에 한해서였다.

다른 대우주에 존재하는 음식들이라.

구미가 당겼다.

"그럼 다른 대우주에도 홍익인간족이 있는 건가?"

"존재하지. 거긴 어떤 이름으로 존재할지는 모르겠지만."

"또 다른 나도 존재하겠지?"

"너는 특별하다. 오직 이 우주에만 있는 존재다. 코스모스님의 조각이 우연히 이 우주에 남아 있었고 그렇게 탄생한 것이 너니까."

"그렇군."

"어쩔래? 갈 거야?"

카오스의 설명에 영웅이 고개를 끄덕이며 한쪽에서 자신과 카오스를 바라보는 수하들 쪽으로 고개를 돌렸다.

"들었지? 내가 여행을 좀 다녀올까 해."

여행의 스케일이 달랐다.

이제는 자신들의 잣대로 가늠할 수 있는 존재가 아니었다.

무신회 사람들은 영웅에게 고개를 숙이며 말했다.

"잘 '다녀오십시오'. 지구는 저희가 책임지고 잘 지키고 있겠습니다."

잘 다녀오라는 말에 힘을 주어 말하는 이들을 보며 영웅은 피식 웃었다.

"그래, 잘 '다녀오마'."

영웅 역시 다녀오겠다는 말에 힘을 주어 말하자 다들 입가에 환한 미소를 지었다.

그렇게 영웅은 지구를 떠나 또 다른 우주로 여행을 떠났다.

카오스가 지구의 음식을 더 먹고 싶다고 징징대는 통에 창고형 마트를 통째로 털어 4차원의 공간에 넣어서 떠났다는 후문이 있었다.

꧁ ꧂

영웅과 카오스가 떠나고 얼마 지나지 않아 카오스 성에 문제가 일어났다.

"헉! 이, 이곳에 어, 어쩐 일이십니까?"

카오스의 시종인 노이즈가 누군가를 발견하고는 놀란 눈으로 그를 바라보고 있었다.

"카오스는 어디 있지?"

제3천체우주를 다스리는 신의 이름을 마구 부르는 이 남자.

카오스와 마찬가지로 코스모스의 기운을 받아 탄생한 제4천체우주를 다스리는 데몬이었다.

"여, 여행을 떠나셨습니다."

"여행? 그놈이? 움직이는 것도 귀찮아서 자기 분신을 만들어서 일을 처리하는 놈이 여행이라고?"

"그, 그렇습니다."

"제정신이 아니군."

"그, 그런데 이, 이곳엔 어쩐 일로?"

노이즈가 다시 온 목적을 묻자 데몬이 씩 미소를 지으며 말했다.

"어쩐 일이긴. 네놈도 모르는구나? 올해가 일만 년에 한 번씩 오는 안식년이다."

안식년이라는 말에 노이즈의 표정이 급격하게 굳어 갔다.

"크크크, 알지? 안식년에 우리가 뭘 하고 노는지 말이야."

노이즈가 뒷걸음질을 쳤다.

그 모습에 데몬이 재밌다는 표정을 지으며 웃었다.

"카오스도 없는데 네놈이 나를 피해 도망칠 수 있다고 생각하는 건 아니겠지? 자, 어서 스페이스 볼을 내놔."

우주신들의 안식년.

일만 년에 한 번씩 돌아오는 그들의 휴가였다.

이때는 우주의 모든 신이 휴식에 들어가기 때문에 모든 우주에 엄청난 혼란이 일어난다.

이때 혼란이 일어나든 말든 신경 쓰지 않고 한 가지 놀이를 하는데, 땅따먹기 같은 놀이다.

스페이스 볼을 빼앗아 상대의 우주를 장악하는 것.

보통은 새로 생긴 천체우주를 찾아가 아직 미숙한 우주신들을 상대로 빼앗는다.

데몬은 그저 안부를 물으러 왔다가 카오스가 없다는 것을 확인하고는 이곳의 스페이스 볼을 빼앗기로 마음먹었다.

"이, 이러지 마십시오. 저, 저희가 이럴 사이는 아니지 않습니까?"

"크크크. 이럴 사이가 아니니까 내놓으라는 것이다. 그래
도 친우니까 이렇게 좋게 말로 하는 것이다. 어서 내놓아라."

데몬의 말에 노이즈가 더더욱 뒷걸음질을 쳤다.

"그만……. 좋게 말하는 것도 여기까지야. 거기서 한 발자
국만 더 움직이면 소멸시켜 버릴 테다."

노이즈가 뒷걸음질을 치는 이유는 따로 있었다.

'젠장, 조금만 더 가면 되는데.'

위기에 빠졌을 때를 대비해서 노이즈가 준비해 둔 웜홀이
었다.

"카오스님, 더는 모시지 못하는 이놈을 용서하십시오!"

노이즈가 그리 외치고는 등을 돌려 아무것도 없는 곳을 향
해 볼을 집어 던졌다.

스페이스 볼이 허공으로 날아가자 아무것도 없던 허공에
균열이 생기더니 거대한 짐승의 입처럼 쩌억 벌어졌다.

그러더니 스페이스 볼을 삼키듯이 빨아들이고는 순식간에
사라졌다.

그 모습에 데몬이 재밌다는 표정으로 천천히 노이즈에게
걸어갔다.

"크크크. 제법이구나. 설마 저곳에 웜홀을 만들어 두고 눈
속임을 해 두다니."

자신이 당했음에도 데몬은 즐거운 미소를 지었다.

"나름 신선했어. 이런 재미를 주었으니 소멸시키진 않겠다. 하지만……."

데몬의 눈에서 푸른 불길이 활활 타오르기 시작했다.

"……카오스가 올 때까지 고통에 몸부림치거라."

"끄아아악!"

데몬의 말이 끝남과 동시에 눈에서 타오르던 푸른 불길이 노이즈에게로 옮겨붙었다. 이내 그가 고통의 비명을 지르며 바닥을 마구 구르기 시작했다.

그 모습을 만족스러운 표정으로 바라본 데몬은 조금 전 스페이스 볼을 삼킨 허공을 바라보았다.

"그리고 실망을 줘서 미안한데, 나도 카오스와 같은 존재라고. 그게 무슨 말이냐면."

데몬이 고통에 몸부림치는 노이즈에게 손을 뻗어 그의 머리를 잡았다.

"네놈 머릿속에 있는 기억을 보면 된다는 뜻이지."

"아, 안 돼……."

노이즈가 고통 속에서도 자신의 기억을 지키려고 발버둥 쳤다.

"크크크. 그래그래. 그렇게 계속 발버둥 쳐라."

발버둥을 치든 말든 무시하고 노이즈의 기억을 살펴보는 데몬이었다.

"호오……. 강영웅? 카오스와 같은 힘을 지녔다고?"

노이즈의 기억 속에 있는 것은 상상외로 놀라운 것이었다.

"이것 봐라? 이거, 이거……. 스페이스 볼보다 더 재밌는 일이 있었네?"

데몬이 흥미로운 표정으로 노이즈의 기억을 계속 읽었다.

"카오스가 이기지 못한 인간이라고? 재밌네. 지구라는 곳에 있다라……."

데몬이 입술을 핥으며 생각에 잠겼다.

"크크크, 어디 얼마나 강한 놈인지 일단 볼까? 어느 놈들을 그곳으로 보내야 할까?"

그렇게 고민하던 데몬이 손뼉을 치며 노이즈를 바라보았다.

"그래, 그놈들이 있었지. 그놈들에게 시키면 되겠구나. 카오스를 누구보다 증오하는 그놈들이라면 재밌는 광경을 만들어 주겠지."

노이즈는 데몬의 말을 듣고 설마 하는 표정으로 바라보았다.

"크크, 네놈의 표정을 보니 어떤 놈들인지 대충 짐작한 모양이구나. 유능해. 아주 유능한 녀석이군. 탐이 날 정도야."

그리고 물었다.

"어떠냐? 나를 섬긴다면 고통을 없애 주지."

"그, 그럴 순 없소!"

"크크크. 좋은 자세다. 거기서 나를 따른다고 했다면 실망하고 네놈을 소멸시켰을 것이다."

제멋대로였다.

"그럼 고통을 즐기고 있도록 해. 나는 지금 이 상황을 어찌 즐길지 고민을 좀 해야 하니까."

고통스러워하는 노이즈를 향해 싱긋 웃으며 손까지 흔들고는 이내 사라져 버리는 데몬이었다.

"아, 안 돼……. 카, 카오스님! 끄으윽!"

허공을 향해 손을 내저으며 애타게 카오스를 찾는 노이즈였다.

영웅이 지구를 떠나고 10년이라는 세월이 흘러갔다.

다들 허전한 마음으로 밤만 되면 반짝이는 별들을 바라보며 멍하니 있는 것이 일과가 될 정도였다.

"주인 보고 싶다. 주인……."

이제 익숙해질 법도 하지만 아더는 밤하늘만 보면 감상적으로 변해 울적한 표정으로 매일 이렇게 중얼거렸다.

그런 아더를 위로하는 것은 연준혁과 아더의 직속 제자나 다름없는 리차드였다.

"스승님, 주군께서는 잘 지내고 계실 겁니다."

리차드는 아더를 스승으로 모시고 있었고 아더 역시 그런 리차드를 알뜰살뜰하게 챙겼다.

"알아. 잘 지내고 계시겠지. 내가 보고 싶다고! 내가! 그때 떼를 써서라도 따라갈 걸 그랬어."

이렇게 말하지만 그게 불가능하다는 것은 아더도 잘 알고 있었다.

"그러고 보니 주군께서 떠나신 지 벌써 10년이라는 세월이 흘렀네요. 언제쯤 여행을 끝내고 돌아오실까요?"

"나도 잘 모르겠다. 지구에 위기가 닥치면 돌아오시려나?"

"하하, 설마요."

말이 씨가 된다고 했던가.

며칠 뒤.

지구는 지금까지 겪어 보지 못했던 위기를 경험하게 된다.

어느 날 하늘이 깨진다는 느낌이 드는 현상이 일어났다.

유리창이 깨진 것처럼 하늘에 거대한 균열이 생겨났고 붉은 기운이 넘실거렸다.

웜홀과는 다른 기이한 현상.

사람들은 곧바로 이 신비한 현상을 연구하기 시작했다.

연구를 시작한 지 얼마나 지났을까.

특이한 생명체가 그 균열을 뚫고 밖으로 나왔다.

거대한 애벌레 모습을 한 이 생명체들은 지상에 내려오자마자 눈에 보이는 모든 것들을 닥치는 대로 먹어 치우기 시작했다.

지구는 곧바로 대응했다.

맨 처음에는 군대가 동원되었다.

최신예 전차들과 다련장 로켓포가 애벌레가 이동하는 경로에 배치되었고 사거리에 들어오자 일제히 공격을 시작했다.

하늘에서 비처럼 쏟아지는 포탄과 미사일은 정확하게 애벌레에 적중했고 이내 애벌레의 움직임이 멈췄다. 그 모습에 사람들은 공격이 먹혀든다고 여겨 환호했다.

하지만 착각이었다.

집중포화를 당한 애벌레들은 오히려 덩치가 더 커지면서 모습이 변하기 시작했다.

지상 공격으로는 안 되겠다고 생각한 사람들은 이내 공중 공격으로 일제히 폭격했다. 그러나 폭격을 맞은 애벌레는 다시 변화하며 몸집을 불렸다.

일반적인 공격으로는 통하지 않는다는 것을 깨닫고 군대는 철수했다.

그리고 그 자리에 지구의 레전드급 각성자들과 그들 못지않게 강한 아더가 모습을 드러냈다.

그들은 애벌레들을 하나씩 맡아 공격했다.

처음에는 공격이 먹혀들어 갔기에 다들 쉽게 이 상황을 정리할 수 있을 거라 생각했다.

그런데 뭐랄까?

공격을 하면 할수록 적응을 해 간다고 해야 할까?

각성자들의 공격에 당할 때마다 애벌레들의 신체에 변화가 일어났고, 지금은 거대해진 몸으로 꿈틀거리며 더더욱 빠른 속도로 모든 것을 집어삼키고 있었다.

"미친! 뭐, 뭐야? 도대체? 저 괴물은!"

심지어 아더가 드래곤으로 변하여 공격했음에도 애벌레들을 처리하지 못했다.

그야말로 지금까지 경험해 보지 못했던 최악의 몬스터였다.

이 소식은 곧 지구 전체로 퍼져 나갔고 세상은 난리가 났다.

그나마 위안이라고 하면 애벌레의 이동속도가 많이 느리다는 정도였다.

엄청 느린 속도 때문에 저 속도로 이동한다면 솔직히 지구 멸망까진 100년도 더 걸릴 판이었다.

그동안 저 애벌레를 처리할 방법을 연구하면 된다고 생각했다.

언론에서는 이것을 집중 보도 했고, 곧 사람들은 언론의 말을 듣고 안심하기 시작했다.

·하지만!

많은 공격으로 인해 충분한 에너지를 얻었는지, 이내 애벌레가 입에서 마구 실 같은 것을 뿜어 대더니 거대한 고치로 변했다.

그렇게 일주일이란 시간이 지나고 지구에 재앙이 시작되었다.

고치를 뚫고 나온 것은 거대한 장수풍뎅이였다.

보기만 해도 절대 뚫릴 것 같지 않은 외피와 거대하고 웅장한 뿔까지.

이 거대 장수풍뎅이는 애벌레 때와는 다른 속도로 도시를 공략하기 시작했다.

단 세 마리가 지구를 초토화시키는 데 걸린 시간은 하루였다.

그 어떤 것으로도 이들을 막을 수가 없었다.

이제 지구는 끝이라는 절망만이 남았다.

그러나 다행히도 사람들이 절망에 빠진 그날, 지구에 구세주가 등장했다.

바로 달 기지에 있던 엘런족과 무라트족의 등장이었다.

거기에 홍익인간족까지 가세했다.

이들은 무슨 수를 써서라도 이곳 지구를 지켜야 한다는 사명감을 가지고 있었다.

거기에 지구에 무슨 일이 벌어지면 나중에 올 후폭풍이 두렵기도 했다.

엘런족은 지구에 있는 모든 각성자의 등급을 그들의 잠재력이 허락하는 한계치까지 올려 버렸다. 홍익인간족은 파괴

된 지구와 죽어 간 사람들을 다시 살려 내며 원상 복구 하기 시작했다.

무라트족은 너무도 쉽게 장수풍뎅이들을 제압해 갔다.

갑자기 나타난 구세주들로 인해 지구에는 순식간에 평화가 찾아왔다.

다들 그렇게 생각했다.

그러나 거대 장수풍뎅이가 사라지자 균열이 심하게 요동을 치더니, 균열에서 말도 안 되는 것들이 마구 튀어나오기 시작했다.

그들의 눈을 의심하게 만든 것은 바로 인간의 모습을 한 로봇들과 거대 공룡의 모습을 한 로봇들이었다.

그것을 본 엘런족은 눈을 크게 뜨고는 자신이 알고 있는 정보를 말했다.

"저, 저거……. 과거에 카오스의 분노를 일으켜 멸망했다는…… 반다크 문명……."

"반다크 문명?"

"우리 엘런족도 뛰어난 과학력을 가졌지만, 저들에 비하면 원시시대 수준이오."

카추의 말에 그곳에 있는 무라트족과 홍익인간족이 침을 꿀꺽 삼켰다.

"그 정도요? 그런 종족이 있다는 이야기는 들어 본 적이 없는데."

무라트족의 말에 엘런족이 고개를 흔들며 말했다.

"대우주에서 가장 강한 종족이 바로 저들이었소. 문제는 그들이 다른 종족들을 사냥하는 것을 즐기는 놈들이었다는 것이고. 그들을 상대할 종족은 우주상에 존재하지 않았소."

"아니! 우리 무라트족이 있지 않소!"

"그 전에……. 무라트족이 탄생하기 전에 존재하던 놈들이오. 카오스께서 저들을 멸종시킨 후 탄생시킨 종족이 바로 홍익인간족과 무라트족이오."

이 긴박한 상황에서 듣게 되는 종족의 탄생 비화였다.

"빌어먹을, 그런 중요한 역사는 이런 상황에서 듣고 싶지 않은데."

"다들 긴장해! 저기서 튀어나오는 저 괴상하게 생긴 것들은 쉽게 상대할 수 있는 것들이 아닌 것 같다!"

"우주 최강의 종족이라는 수식어가 무색하군."

무라트족이 이렇게까지 긴장할 정도로, 균열에서 튀어나오는 기계들이 내뿜는 포스는 대단했다.

"일단 부딪쳐 보자! 얼마나 강한 놈들인지!"

누군가의 외침에 무라트족이 일제히 기계들을 향해 달려나가며 공격했다.

기계들은 살기를 감지하고 그곳을 향해 붉은빛의 광선을 마구 쏘아 대기 시작했다.

쯔잉-!

별것 아니라고 생각하고 대수롭지 않게 달려 나가려는 그때, 카추가 비명에 가까운 소리를 질렀다.

"안 돼! 피해!"

카추의 외침에 고개를 돌리려는 그 순간 맨 앞에서 달려 나가던 무라트족의 목이 분리되었다.

무라트족의 몸은 그 어떤 공격에도 끄떡없는 무적의 신체를 자랑했다.

영웅이 나타나기 전까진.

그런데 그런 엄청난 신체가 기계들이 쏘아 대는 광선에 너무도 쉽게 잘려 나갔다.

"저들이 정말로 그 반다크 문명이라면……. 저 괴물들이 쏘는 광선은 그냥 그런 광선이 아닐 거라고……. 저들은 한때 자신들의 숙적인 카오스를 미치광이 수준으로 연구한 종족……. 그 때문에 멸망한 종족이다. 지금 보이는 것은 그들이 카오스를 잡기 위해 만든 최종 병기……."

카추가 덜덜 떨리는 눈으로 움직이는 생체 병기들을 바라보며 중얼거렸다.

"인간형은 마몬……. 괴수형은 베헤모스……."

두려움에 덜덜 떨고 있는 카추의 모습에 무라트족의 왕인 해모수가 나섰다.

"모두 물러서!"

자신의 외침에 일사불란하게 뒤로 빠지는 무라트족의 모

습을 보며, 해모수는 기운을 끌어모았다.

그의 몸에서 흘러나오는 거대한 기운이 해모수의 머리카락을 하늘 위로 솟구치게 했다.

고오오-.

해모수는 자신의 양손에 맺힌 강대한 기운을 반다크족의 로봇들을 향해 뿌렸다.

"죽어라! 하앗! 아수라멸혼파(阿修羅滅魂波)!"

순간적으로 세상이 하얗게 변하는 듯한 착각을 일으킬 정도로 눈부신 광원이 그곳을 덮쳤다.

눈부신 광원은 파죽지세로 밀려오는 로봇들을 순식간에 분해해 버렸다.

그것을 본 이들은 안도의 한숨을 내쉬었다.

잠시 숨을 고를 시간이 생겼다고 여겼다.

하지만 유일하게 긴장의 끈을 놓지 않는 이가 있었다.

"아니야. 방심하면 안 돼! 저들의 과학력은 상상을 초월한다고!"

카추의 외침에 해모수가 고개를 돌려 로봇이 있던 곳을 바라보았다.

그의 눈엔 소멸되어 먼지만 날리는 평원이 보일 뿐이었다.

"너무 예민한 거 아닌가? 저기엔 아무것도 없는……. 뭐지? 먼지가 원래 저렇게 움직이던가?"

아무것도 없다고 말하던 해모수의 눈에 부자연스러운 먼

지의 움직임이 포착되었다.

마치, 벌 떼가 이리저리 움직이는 듯한 기분이랄까?

바람이 불어오는 방향과 정반대로 날아가는 먼지들을 보자, 불길한 느낌이 들었다.

해모수의 불길한 예감은 맞았다.

허공을 이리저리 떠돌아다니던 먼지들이 다시 뭉치더니, 조금 전 파괴했던 로봇의 모습으로 형태를 갖추어 나가기 시작했다.

그것을 본 해모수가 입술을 꽉 깨물었다.

"빌어먹을! 소멸된 것이 아니었어. 나노 머신이었나?"

"우리 종족도 만드는 나노 머신을 저들이 만들지 않았을 리가 없소! 아니, 오히려 더 뛰어나면 뛰어났지 덜하진 않을 것이오!"

"아무리 그래도 모든 것을 소멸하는 아수라멸혼파를 견뎌 내다니!"

"카오스를 상대하기 위해 그들의 모든 과학력을 총동원하여 만들었을 것이오! 절대로 만만하게 보아선 안 됩니다!"

카추의 설명에 해모수의 표정이 심각하게 변해 갔다.

자신의 힘으로도 충분히 제압할 수 있을 줄 알았는데 오산이었다.

카오스를 상대하기 위해 만든 병기라니.

어떤 위력일지 상상조차 되지 않았다.

"저들을 막을 방법이 없는 것인가?"

해모수의 다급한 외침에 카추가 고개를 저었다.

"지금 우리의 능력으로는 저것들을 상대할 방법이 없소!"

이제 정말로 끝이었다.

다시 생성된 로봇들의 공격에 무라트족이 제대로 된 반격도 못 하고 쓰러져 갔다.

물론 재빨리 홍익인간족이 달려가 그들을 치료했기에 죽은 자는 없었지만, 저 괴물들을 어찌할 방법이 없었다.

지구를 지키는 것이 문제가 아니었다.

우주에 거대한 재앙이 강림한 것이다.

다들 망연자실한 표정으로 생체 병기들을 바라보고 있던 그때, 갑자기 생체 병기들이 부들부들 떨기 시작했다.

또 다른 공격을 하기 위한 동작으로 오인하고 다들 침을 꿀꺽 삼키며 긴장하고 있는데, 부들거리던 생체 병기들이 일제히 터져 나가면서 산산조각이 나 버렸다.

산산조각 난 생체 병기는 다시 먼지로 변하더니 이내 하나로 뭉치면서 제 모습을 갖춰 나가기 시작했다.

그 광경에 다들 절망적인 표정을 짓고 있을 때였다.

"뭐야? 이것들은?"

너무도 절망스러운 나머지 환청이 들리는 것인가?

다들 환상이라도 좋으니, 마지막으로 영웅을 보고 싶어 목소리가 들리는 방향으로 고개를 돌렸다.

그곳에는 그토록 기다리던 영웅이 팔짱을 낀 채 어이없는 모습으로 재생하는 나노 머신들을 바라보고 있었다.

"저것들이 뭔지 알아?"

영웅의 질문에 옆에 있던 카오스가 심각한 표정을 지으며 말했다.

"저 문양은…… 반다크족이군……. 그런데 어찌 살아났지? 내가 분명 모조리 소멸시켰는데."

"반다크족? 뭐 하는 놈들인데?"

"지독한 놈들이지. 재미로 다른 우주에 있는 문명을 파괴하는 미친 종족이다. 파괴하고 잡아다가 재미로 가지고 놀면서 죽이고……. 아무튼 내가 만든 질서를 자기들 멋대로 휘젓고 다니던 놈들이야. 그래서 내가 직접 나서서 소멸시켰지. 살아남아 있는 놈들이 있는 줄은 몰랐지만."

"흠, 저 기계에서 너의 향기가 난다고 하면 이상하려나?"

"아니, 네 말이 맞는다. 정확하게는 코스모스님의 기운이지. 그런데 도대체 저걸 어찌 모았지? 이해할 수가 없군."

"너도 이해하지 못하는 일을 하다니 대단한 놈들이군."

"그래, 대단한 놈들이지. 나도 저놈들 소멸시킬 때는 고생을 좀 했으니까."

카오스의 말에 영웅이 놀란 눈으로 그를 바라보았다.

"저놈들…… 지독하다고 했잖아. 저항이 꽤 심했어. 덕분에 코스모스님이 주신 기운의 대부분을 소진해야 했으니. 그때 소진한 기운을 다시 채우는 데 오랜 기간이 걸렸지."

"호오, 그 정도야?"

카오스의 설명에 영웅이 흥미로운 표정을 지었다.

"그러니까 네 말은 저 기계 안에 있는 기운이 코스모스님의 기운이라 이거지?"

"그렇지."

"그럼 회수하면 되겠네."

"뭐? 하하, 그게 그렇게 쉬운 줄 아……."

슈아아악-!

카오스의 말이 끝나기도 전에 영웅이 손을 뻗었고 이내 생체 병기에서 무언가가 빨려 나오는 착각이 일었다.

그리고 그 착각과 함께 절대로 파괴되지 않을 것 같은 생체 병기들이 하나둘씩 모래성 무너지듯이 무너져 내렸고 이내 불어오는 바람에 흩날려 사방으로 뿌려졌다.

카오스는 이 장면을 보고는 믿기지 않는 표정으로 영웅을 바라보았다.

"그걸 지금 흡수했다고? 다른 것도 아니고 코스모스님의 기운인데?"

"응, 되네. 생각보다 기운의 질이 좋은데? 그리고 쟤들도 흡수해서 모은 건데 우리가 왜 못 해. 너도 해 봐. 의외로 쉬워."

영웅은 마치 맛있는 음식을 먹은 듯한 표정을 짓고 카오스를 바라보며 웃었다.

그에 카오스가 황당한 표정으로 소리쳤다.

"그게 네 말처럼 그렇게 쉽게 되는 줄 아느냐고! 너 도대체 정체가 뭐야?"

"그건 맘대로 생각하고. 이것들은 도대체 어디서 온 거지?"

영웅은 곧바로 근처에 있는 해모수와 카추가 있는 곳으로 몸을 날렸다.

그리고 그들에게 자세한 이야기를 들을 수 있었다.

"그러니까 저 균열에서 나왔단 말이지?"

"그렇습니다."

카추의 말에 영웅이 고개를 끄덕이며 말했다.

"그럼 저길 통과하면 그놈들이 있는 곳으로 갈 수 있겠군."

"네? 그, 그건 확실치 않은 것입니다. 저들이 저 균열을 다른 차원으로 바꾼다면 엉뚱한 곳으로 갈 수도 있습니다."

"확인해 보면 알겠지."

그 말과 함께 영웅은 균열이 있는 곳으로 이동한 뒤에 그 균열 속으로 몸을 던졌다.

그 모습에 카오스가 인상을 찡그리며 짜증과 함께 균열로 뛰어들었다.

"저런 또라이를 봤나. 야! 같이 가!"

균열을 통과해 반대편으로 나오니 완전히 다른 세상이 펼쳐져 있었다.

하늘은 빛조차 통과하지 못하는 짙은 구름으로 뒤덮여 있었고, 그 아래 세상은 회색빛 기계들이 끊임없이 움직이는 삭막한 풍경이 펼쳐져 있었다.

기계들은 영웅과 카오스를 아직 발견하지 못한 듯했다.

하늘 위에는 거대한 함선들이 떠다니고 있었는데 저것이 사령부 같아 보였다.

카오스가 기가 막힌 듯이 말했다.

"이야, 이놈들 이렇게나 많이 남아 있었는지는 몰랐네."

"너는 우주를 다스리는 자라며. 그러면 저놈들이 살았는지 죽었는지 알아야 하는 거 아냐?"

"미친놈, 내가 관리하는 우주가 얼마나 넓은 줄 알고 하는 소리냐? 보통 소우주 하나 스캔하면 진이 빠진다. 그리고 그 당시에는 저놈들 소멸시킨다고 힘을 너무 많이 소진하기도 했고."

그러면서 주변을 두리번거리며 말했다.

"거기에 이곳은…… 누군가가 만들어 준 공간이다. 나와 비슷한 창조의 힘을 가진 누군가가 말이지."

"너 말고 또 다른 우주의 신이 개입한 건가?"

영웅의 말에 카오스의 표정이 굳었다.

무언가 떠오른 탓이다.

"안식년…… 빌어먹을! 안식년이었어!"

"안식년?"

"각 천체우주를 다스리는 존재들의 휴가 기간이다. 그때는 무슨 짓을 해도 용서받을 수 있지. 이곳은 내가 다스리는 천체우주가 아니야."

"그럼 단지 재미로 이런 짓을 한다고?"

"그래, 무한한 삶을 살면 다 이렇게 변한다. 자극적인 것을 찾게 되지."

"그래서 여긴 어딘데?"

"나도 모르겠다. 수많은 천체우주 중의 한 곳이겠지."

"일단 여기부터 정리하고 생각하자."

"쉽지 않을 거다. 이놈들은 정말로 강하다."

카오스의 말을 들으며 공중에 떠 있는 함선을 투시한 영웅은 인상을 찡그렸다.

"야, 저 안에 저 이상하게 생긴 놈들이 반다크족이냐?"

영웅의 물음에 카오스 역시 투시를 하더니 고개를 끄덕였다.

"맞다, 저놈들."

"아니, 뭔 미친. 얼굴이 뇌로 뒤덮여 있어. 징그럽게."

"아냐, 잘 봐. 뇌 주변으로 둥둥 떠다니는 동그란 거 보이지? 저게 저놈들 눈이다."

"진짜 생긴 것도 짜증 나게 생겼네."

"하는 짓도 변태들 맞다. 너는 상상도 하지 못할 짓을 즐기는 놈들이지. 오죽했으면 세상일에 신경을 안 쓰던 내가 직접 나서서 소멸을 시켰겠냐고."

"소멸 못 시켰잖아."

"아, 그땐 소멸시킨 줄 알았다고."

둘은 오랜 친구처럼 서로 티격태격해 댔다.

그런 둘의 모습을 기계들이 발견하고는 시끄러운 음파를 마구 뿌렸다.

그러자 구름이 마구 요동치기 시작했다.

"구름이 아니었네."

빛 하나 들어오지 못하게 온 하늘을 가린 짙은 구름은, 전부 나노 머신이었다.

나노 머신들은 영웅과 카오스가 있는 곳으로 몰려오며 형태를 갖추기 시작했다.

그에 카오스가 앞으로 나서며 말했다.

"내가 뿌린 씨앗이니 내가 상대하지."

그 말에 영웅이 고개를 끄덕이며 뒤로 물러섰다.

"그래."

"야, 그래도 한 번은 같이하자고 권하는 게 예의 아니냐?"

"시끄럽고 어서 정리나 해."

"쳇!"

잠깐 동안의 대화 사이에 어느덧 인간형으로 변한 나노 머신들이 일제히 달려들기 시작했고, 그것을 본 카오스가 손을 펼치며 허공에 검은 구체를 생성해 냈다.

"카이저 블랙홀!"

후웅ㅡ!

검은 구체는 맹렬하게 소용돌이치면서 작은 블랙홀이 되었고, 이내 달려오는 나노 머신들을 빨아들이기 시작했다.

모래성 허물어지듯이 빨려 들어가는 나노 머신들을 보며 카오스가 별거 아니라는 표정을 지을 때쯤이었다.

그 순간, 공중에 떠 있던 함선에서 공 모양의 금속들이 수백, 수천 개가 쏟아져 나오기 시작했다.

공 모양의 금속들은 이내 카오스가 뿌린 회오리 주변으로 날아가더니 몸을 펼쳐 안테나 모양을 만들었다.

"뭐야, 저건?"

카오스가 고개를 갸웃거리자 안테나 모양으로 변한 금속체들 속으로, 카오스의 회오리를 구성하는 기운이 일렁거리면서 흡수되기 시작했다.

후우웅ㅡ!

맹렬한 기세로 회오리 속 카오스의 기운을 빨아들이자, 순식간에 거대했던 회오리가 산들바람으로 변하며 소멸했다.

카오스는 그것을 보고 대번에 무엇인지 알 수 있었다.

"코스모스님의 조각? 어찌 저것을?"

코스모스의 조각.

우주를 생성하는 코스모스가 남긴 잔해였다.

우주에 아주 소량이 남아 있고 심지어 그 소량의 잔해도 미세한 먼지로 온 우주에 흩뿌려져 있기에 발견하기가 쉽지 않았다.

하지만 이것을 발견해서 모은다면 엄청난 능력을 발휘한다.

눈에 보이지도 않는 저 미세한 조각 하나만 있으면 행성 하나에 무한 전력을 공급할 수 있을 정도였다.

하지만 이 조각의 특별함은 다른 것에 있었다.

바로 코스모스가 우주에 뿌린 기운을 흡수하는 능력.

반다크족은 이 조각을 찾아내는 기술을 개발하는 데 성공했고 전 우주를 돌아다니며 이 조각들을 모은 것이다.

"저걸 진짜로 모으는 미친놈들이 있을 줄이야."

관리자인 자신도 찾기 힘든 것을 기어이 찾아낸 저들의 집념에 혀를 내둘렀다.

그리고 무슨 방법으로 코스모스님의 기운을 흡수하는지 알게 되었다.

자신은 코스모스의 기운 그 자체다.

한마디로 저것을 이길 방법이 없다는 소리였다.

자신의 기운을 순식간에 흡수하는 금속체를 보며 카오스가 고개를 절레절레 흔들었다.

"정말로 준비를 많이 했네."

카오스의 중얼거림에 영웅이 옆에서 동조해 주었다.

"그러네. 너 잡으려고 무지 애쓴 게 눈에 보인다. 저거 너 한테 완전 상극 아냐?"

"분하지만 맞다. 내가 무슨 공격을 해도 저것들에게는 통하지 않을 거야."

"그래도 한번 시도는 해 봐. 천하의 카오스가 이렇게 금방 포기한다고? 겁이 많구나?"

"뭐? 누, 누가 포기한다고 했어! 통하지 않을 거라고 했지!"

영웅의 말에 자존심이 상했는지 다시 손을 뻗어 안테나 모양의 금속체를 공격했다.

쿠아아-!

카오스의 손에서 쏘아진 광선은 이내 안테나 모양의 금속 체들에게 그대로 흡수되었다.

"진짜네? 정말로 네 공격이 먹혀들지 않는구나."

"빌어먹을, 혹시나 했는데 역시나 안 통하는군. 처음이다, 이렇게 난감한 적은."

카오스가 당황한 표정을 지으며 의기소침한 목소리로 말하고 있을 때, 어디선가 괴랄한 웃음소리가 들려왔다.

아니, 정확하게는 웃음소리인지 비명인지 구분이 가지 않는 그런 소리였다.

"끄엑엑엑엑!"

괴랄한 소리가 들려오자 영웅과 카오스가 고개를 돌렸다. 그곳에는 한눈에 봐도 높은 지위에 있을 것 같은 모습을 한 반다크족이 공중에 떠 있었다.

"저놈이 높은 자리에 있는 놈 같은데?"

"그런 것처럼 보인다. 그보다 너는 긴장도 안 되냐?"

"내가 왜?"

"너 역시 힘의 원천은 코스모스님의 기운이다. 물론, 나보다 더 진하긴 하지만."

"글쎄. 저들이 나를 어찌할 수 있을 거라는 생각이 들지 않는데?"

카오스의 공격이 먹히지 않는 상황인데도 영웅에게서는 위기감이 전혀 보이지 않았다.

오히려 느긋한 영웅의 모습에, 카오스 역시 마음이 좀 진정되었다.

자신도 모르게 영웅에게 의지하기 시작한 카오스였다.

"카오스! 끄엑엑엑! 설마하니 네놈이 직접 이곳에 올 줄이야. 어찌 네놈을 이곳으로 끌어들이나 고민했는데. *끄엑엑엑.*"

표정은 보이지 않았지만, 말투에서 왠지 즐거워 보이는 반다크족이었다.

반다크족의 말에 카오스가 피식 웃었고, 옆에서 영웅은 뭔가 이상함을 느끼고 고개를 갸우뚱거렸다.

"뭐야, 나 왜 쟤네 말 알아들어?"

"미친놈, 코스모스님의 기운을 지닌 자는 우주에 존재하는 모든 종족의 언어를 알아들을 수 있다고 얘기했잖아."

"그렇다고 저런 돼지 멱따는 소리까지 알아들을 줄은 몰랐지."

그런 둘의 모습을 지켜보던 반다크족이 다시 기괴한 웃음을 날리며 외쳤다.

"끄엑엑엑! 옆의 놈은 뭐 하는 놈인지 모르겠지만 상관없다! 죽여라!"

반다크족의 외침에 나노 머신들이 일제히 둘을 향해 움직였고, 카오스는 그것들을 막느라 정신이 없었다.

끝도 없이 달려드는 나노 머신들은 쉽게 파괴도 되지 않았고, 심지어 지금도 기운을 조금씩 뺏어 가고 있었다.

정말로 자신을 잡기 위해 만든 최종 병기라는 말이 어울릴 정도였다.

적이지만 감탄이 나오는 수준.

우주의 지배자인 자신을 이렇게까지 몰아붙일 정도의 병기를 만들어 내다니.

결국, 참다 참다 폭발한 카오스가 하늘 위로 높게 치솟으며 외쳤다.

"빌어먹을! 내가 겨우 이 정도에 당할 것 같으냐! 모조리 부숴 주마!"

카오스의 손에 엄청난 기운들이 모이고, 카오스는 이내 그것을 하늘 위로 쏘아 올렸다.

쿠아아아아–!

우주까지 날아올라 간 카오스의 기운은 그대로 다시 행성의 대기를 가르며 지상으로 향했다. 혼돈의 기운이 가득 담긴 기운은 정말로 행성을 파괴할 기세였다.

그때 셀 수도 없는 나노 머신들이 맹렬한 기세로 떨어지는 혼돈의 기운으로 날아들어 그것을 둥글게 감싸 버렸다.

나노 머신들은 순식간에 카오스의 기운을 흡수하고는 어딘가로 일사불란하게 움직였다.

나노 머신들은 함선의 한 곳에 다닥다닥 달라붙더니, 자신들이 흡수한 기운을 함선에 이동시키기 시작했다.

그에 반다크족의 수장으로 보이는 자가 즐거운 듯 떠들어 댔다.

"끄엑엑엑! 고맙게 잘 받으마! 네놈이 이토록 힘겨워하는 모습을 보니 그간의 고생을 보상받는 기분이구나!"

"헉헉! 좋냐? 그때 힘들어서 대충 넘어간 것이 결국 이런 사달이 났네. 확실하게 소멸시켰어야 했어. 우주의 바이러스 같은 놈들."

"끄엑엑엑! 즐겁다! 즐거워! 더더욱 발악해서 나를 즐겁게 해 줘라!"

"헉헉! 빌어먹을!"

많은 기운을 흡수당해서인지 카오스는 급격하게 지쳐 갔다.

그런 카오스를 보며 연신 즐거운 듯 말하는 반다크족이었다.

"끄엑엑엑! 지친 것이냐? 실망인데? 우주의 지배자께서 겨우 이 정도에 지치고. 좋아! 마지막 가는 길인데 우리의 최종 병기는 보고 가야겠지?"

반다크족의 말에 카오스는 영웅을 바라보았다.

평온한 표정으로 서 있는 영웅을 보니 웃음이 나오며 흥분했던 마음이 다시 진정되었다.

우주의 지배자인 자신이 인간을 보며 안정을 되찾는 날이 올 줄은 몰랐다.

"너는 괜찮냐?"

"나? 아무렇지 않은데?"

"왜 너는 아무렇지 않은 거냐?"

"글쎄? 순수한 코스모스 기운이 아니라서 그런가?"

"순수하지 않다니?"

"내 임의대로 이것저것 많이 섞으면서 변형을 시켰거든."

영웅의 질문에 카오스는 어이가 없는 표정을 지었다.

코스모스님의 기운 자체가 우주 최강의 힘인데 그것을 변형시켰다니.

뭐가 되었든 지금 상황에서는 그것이 더 잘된 일이었다.

그때 함선에서 반다크족이 만들었다는, 최종 병기로 보이는 무언가가 카오스를 향해 날아오기 시작했다.

그 모습은 카오스를 닮아 있었다.

"재수 없게 또 나를 본떠서 만들었어."

카오스의 말에 반다크족이 웃으며 말했다.

"끄엑엑엑! 널 닮은 모습으로 만들어서 이렇게 명령을 내리고 부려 먹어야 분이 풀리지. 참고로 우리 종족을 위해 움직이는 모든 일꾼 로봇들은 다 네 모습으로 만들었다! 끄엑엑!"

"염병, 지랄도 가지가지 했네."

"끄엑엑엑! 잘 가라. 그리고 이 우주는 우리가 잘 다스려 주마! 끄엑엑!"

반다크족이 카오스를 향해 짧은 인사를 하고 촉수처럼 생긴 손을 흔들자, 카오스 모습을 한 최종 병기의 눈이 붉게 반짝거리며 그를 향해 달려들었다.

순식간에 접근한 최종 병기의 공격을 카오스가 정신없이 막아 내었다.

그런데 막으면 막을수록 점점 더 기운이 빠지는 듯했다.

눈앞의 최종 병기라는 것이 카오스의 기운을 흡수하고 있었던 것.

"뭐, 뭐야. 크흑! 빌어먹을, 기운이 빠져나가고 있어!"

"끄엑엑엑! 네가 공격을 하든 안 하든 그놈은 네 기운을 남김없이 흡수할 것이다. 이제 알겠지? 카오스 너는 그것을 이길 수 없다."

가뜩이나 짜증 나는데 재수 없는 목소리까지 들으니 기운이 더더욱 빠지는 기분이었다.

결국, 카오스가 영웅에게 도움을 요청했다.

"젠장. 야, 나 죽겠다. 도와줘라!"

5장

눈에 띄게 지쳐 보이는 카오스의 외침을 들은 반다크족이
영웅을 바라보았다.

특이점은 보이지 않았다.

"카오스의 부하가 아니었나?"

당연히 카오스와 같이 다니는 부하라 생각했다.

그런데 저 카오스가 저자에게 도움을 요청했다.

카오스가 도움을 요청할 정도의 강자라는 소리였다.

"저놈을 처리해!"

명령이 떨어지기가 무섭게 최종 병기가 영웅을 향해 달려
들었다.

이미 꽤 많은 기운을 흡수당한 카오스는 지친 모습으로 바

닥에 주저앉았다.

"이런 굴욕이라니……. 영웅이 말대로 수련을 좀 할걸."

우주 최강의 지배자라는 생각에 자신이 너무 안일하게 살아왔다는 생각이 들었다.

그리고 고개를 들어 영웅을 바라보았다.

영웅이라면 어찌 싸울까.

영웅은 과연 저놈에게 기운을 흡수당하고도 무사할까.

'아니, 변형을 했으니 흡수가 안 되려나? 지금까지 멀쩡한 것을 보면 그런 것 같기도 하고.'

오만 가지 생각이 카오스의 머릿속에서 떠올랐다.

그런 카오스의 귓속을 파고드는 영웅의 목소리.

"발상을 전환해야지. 왜 허무하게 기운을 뺏기고만 있냐?"

저게 무슨 소리란 말인가.

카오스가 어리둥절한 표정으로 영웅을 바라보았다.

"역으로 내가 흡수할 수도 있는 거잖아."

영웅의 중얼거림에 카오스는 정신이 번쩍 들었다.

'맞다, 저거 미친놈이었지.'

카오스의 생각이 끝남과 동시에 자신을 향해 달려드는 최종 병기를 향해 손을 뻗는 영웅이었다.

최종 병기의 머리가 영웅의 손아귀에 정확하게 잡혔고 최종 병기는 그대로 영웅의 힘을 흡수하려 했다.

그런데 최종 병기의 상태가 이상했다.

뭔가 고통스러운 듯이 발버둥을 치던 최종 병기의 움직임
이 줄어들더니, 이내 축 늘어졌다.

"맛있네."

영웅이 입맛을 다셨다.

최종 병기는 그대로 바스러져 순식간에 먼지로 변해 허공
으로 사라졌다.

영웅은 주변을 둘러보며 군침을 삼켰다.

"여기가 맛집이군."

입가에 진한 미소를 지으며 손을 뻗자, 허공에 떠 있던 나
노 머신들이 하나둘 힘을 잃고 떨어지더니 이내 검은 소낙비
가 내리듯이 마구 쏟아져 내리기 시작했다.

좌라라라락—

영웅에게 에너지를 빼앗긴 나노 머신들이 동력을 상실하
고 떨어지는 것이었다.

그 광경에 반다크족의 수장이 경악성을 내뱉었다.

"저, 저게 뭐야! 이, 이건 말도 안 돼!"

카오스가 맥을 못 추는 것을 보았을 때만 해도 즐거웠다.

이제 정말로 이 우주가 자신들의 손아귀에 들어온다고 생
각했다.

그런데 전혀 예상하지 못했던 영웅이라는 변수가 생긴 것
이다.

"저놈은 뭐야! 어디서 나타난 거야! 저놈의 기운을 어서

분석해!"

수장의 외침에 근처에 있던 다른 반다크족들이 다급하게 움직이기 시작했다.

"부, 분석 불가! 분석 불가가 떴습니다!"

"뭐? 분석 불가라니! 장난해?"

"장치가 분석할 수 있는 능력치를 아득히 넘어섰다는 이야기입니다!"

수하의 말에 수장이 떨리는 목소리로 중얼거렸다.

"뭐? 카오스보다 더 강한 놈이 있다고? 그, 그게 말이 돼?"

이건 계산에 없었던 일이다.

지금까지 준비해 온 모든 것은 전부 카오스를 기준으로 맞춘 것이다.

심지어 카오스보다 훨씬 강한 기준으로 준비했다.

"뭐 해! 가동 가능한 모든 것으로 저놈을 제압해! 어서!"

"네!"

반다크족 함선의 앞부분이 두 갈래로 갈라지면서 막대한 기운이 모이기 시작했다.

빠지지직-.

그와 동시에 함선에서 카오스를 상대하던 최종 병기들이 마구 쏟아져 나왔다.

거기에 행성 전체를 뒤덮고 있는 셀 수도 없는 나노 머신들이 일제히 뭉쳐서 영웅을 향해 움직이기 시작했다.

제일 먼저 함선의 앞부분에 모인 에너지가 영웅을 향해 쏘아졌다.

쯔아앙-.

함선에서 쏘아진 광선이 영웅을 덮쳤고 그대로 지면을 녹이며 행성의 반대편으로 뚫고 나갔다.

그 충격으로 행성의 지각이 갈라지면서 사방에서 화산이 폭발하기 시작했다.

하지만 그런 엄청난 광선을 직격으로 맞은 영웅은 아무렇지도 않은 모습으로 그 자리에 그대로 서 있었다.

"코스모스의 기운이 담긴 광자염동포를 직격으로 맞고도 멀쩡하다고?"

그 모습에 반다크족들은 공포심을 느꼈다.

과거 카오스에게 당할 때도 느끼지 못했던 공포를 말이다.

"모든 공격 자원을 전부 쏟아부어! 전부! 그리고 차원 이동 준비를 해! 이, 이곳을 빠져나간다! 어서!"

"알겠습니다!"

수하들에게 명령을 내린 놈은, 다시 지상의 영웅을 관찰하기 시작했다.

최종 병기들은 이미 사라진 상태였고 수천 경이 넘는 수의 나노 머신들 역시 끊임없이 떨어지고 있었다.

그때 영웅이 주먹을 움켜쥐는 모습이 보였다.

가만히 서 있던 그가 처음으로 움직임을 보인 것이다.

삐이이익-!

그 순간 함선에 비상이 걸리며 연신 경고 메시지가 흘러나왔다.

-위험! 위험! 초월 등급의 에너지가 감지되었습니다!

-위험! 위험! 초월 등급의 에너지가 점점 강해지고 있습니다! 대피를 시작하십시오!

그에 반다크족의 수장의 동공으로 보이는 수정체가 떨리기 시작했다.

"메타크론이 경고를 날릴 정도의 기운이라고? 그, 그런 존재가 어찌하여 이런 곳에 있느냐 말이다! 어째서!"

수장의 목소리는 분노에 차 있었다.

이제 겨우 복수와 우주 정복이라는 두 가지 열매를 취득할 시간이 다가왔는데, 전부 물거품이 될 판이었다.

분노한 반다크족의 수장 눈에 영웅이 주먹을 휘두르는 모습이 들어왔다.

후웅-!

번쩍-!

그게 반다크족의 수장이 본 마지막 광경이었다.

영웅이 휘두른 주먹에서 나온 기운이 원형으로 퍼져 나가며, 끝도 없이 밀려오는 나노 머신과 반다크족의 함선을 단숨에 소멸시켜 버린 것이다.

순식간에 어두웠던 하늘이 환해지면서 대지를 비추기 시작했다.

"아, 이제 좀 환하네."

그 모습을 옆에서 지켜보던 카오스가 입을 열었다.

"네가 카오스 해라. 내가 지구인 할게."

"뭐라는 거야, 미친놈."

영웅은 카오스에게 다가가 그의 몸에 자신의 힘을 나눠 주었다.

순식간에 원래의 힘을 회복한 카오스가 고개를 절레절레 흔들며 말했다.

"하아, 내가 봤을 때 너를 이길 수 있는 존재는 이제 없을 거라고 본다. 솔직히…… 코스모스님도 너는 곤란해하지 않으실까?"

"글쎄? 그런데 뭔가 이상하지 않아?"

"뭐가 말이냐?"

"코스모스의 힘을 흡수하려면 그 힘에 대해 연구를 해야 하잖아. 어디서 연구를 했을까?"

"그게 무슨 말이야? 우주에 떠도는 기운을 찾아내서 연구했겠지."

"아니, 분명 누군가가 저들을 도왔어. 거기에 저들은 지구를 콕 집어서 공격했다고. 마치, 이곳을 공격하면 너와 내가 나타날 것을 아는 것처럼."

"설마, 내 주변의 누군가가 배신을 했다는 말이냐?"

"그럴 수도 있다는 거지."

영웅의 말에 카오스의 표정이 굳어져 갔다.

"좋아. 일단 내 성으로 가자. 그곳에서 차근차근 알아보자."

카오스의 말에 영웅이 고개를 끄덕였다.

⚜

성에 도착한 카오스는 무언가 이상함을 느끼고 대전으로 들어갔다.

그때 바닥에 쓰러져 꿈틀거리는 무언가를 발견했다.

"노이즈!"

카오스가 놀란 얼굴로 다 죽어 가는 노이즈에게 달려갔다.

"이, 이게 어찌 된 일이냐!"

카오스는 재빨리 노이즈 몸에 붙어 있는 꺼지지 않는 불길을 제거했다.

"이, 이 기운은……. 데몬?"

불길에서 느껴지는 기운은 자신의 친우인 데몬의 기운이었다.

"주, 주인님! 오, 오셨군요."

"노이즈! 이게 도대체 어찌 된 일이냐!"

"데, 데몬님께서 오셨다 가셨습니다."

"으드득! 그 새끼가 너를 이리 만들고 간 것이냐!"

노이즈는 고개를 끄덕였다.

카오스는 재빨리 노이즈에게 자신의 기운을 불어 넣었다.

그러자 죽어 가던 노이즈의 얼굴에 생기가 돌더니, 이내 예전의 멀쩡한 모습으로 돌아왔다.

노이즈는 다시 살아나자마자 곧바로 카오스에게 엎드리며 감사 인사를 했다.

"감사합니다, 주인님. 신 노이즈, 앞으로도 주인님을 위해 살 것입니다."

"그런 쓸데없는 소리는 그만하고, 어찌 된 일인지 말이나 해."

카오스의 재촉에 데몬이 이곳에서 한 일들을 상세하게 말하기 시작했다.

그에 카오스가 자신의 이마를 감싸며 중얼거렸다.

"역시 안식년을 노리고 왔구나. 예상대로 반다크족을 도운 것은 데몬이 맞았어."

카오스의 중얼거림에 영웅이 물었다.

"저번에도 그 말을 하더니. 그 안식년이라는 것에 대해서 자세히 좀 말해 봐."

"그때도 말했지만, 일종의 휴가다. 일만 년에 한 번씩 돌아오는 휴가. 매일 똑같은 일상만 반복하는 관리자들을 위한 일종의 축제 기간이지."

"휴가 동안에는 뭘 하는데?"

"관리자가 원하는 것은 무엇이든지 해도 된다. 옆 천체우주를 쳐들어가 그곳을 박살 내도 되고 다른 천체우주 관리자와 싸움을 해도 된다. 내가 만든 천체우주를 엉망으로 부수며 놀아도 된다. 그냥 하고 싶은 걸 전부 다 할 수 있는 기간이지. 보통, 너희 인간이 말하는 종말이 이 기간에 많이 오지."

"그렇군. 아무튼, 이 일의 모든 원흉이 바로 그 데몬이라는 놈 때문인 거지?"

"그런 것 같다. 그놈이 말한 종족이 반다크족인 것 같고. 그런데 반다크족의 그 기술은 자신에게도 위험하다는 것을 잘 알 텐데, 어째서 이런 짓을 벌였을까?"

카오스의 의문에 영웅이 말했다.

"왠지 알 것도 같은데?"

"알 것도 같다고? 뭔데?"

"내가 봤을 때 일부러 반다크족에 접근한 것 같아. 그 기술을 자기 것으로 만들기 위해서 말이야."

"아니, 자신한테 위협이 되는 기술을 왜?"

"자신에게 위협이 된다는 것은 다른 천체우주의 관리자들에게도 위협이 된다는 얘기니까."

영웅의 말에 카오스가 충격을 받은 표정을 지었다.

"그걸 이용해서 우리를 제압하겠다는 소린가?"

"아니지, 너희의 힘을 흡수해서 자신이 가지겠다는 소리 겠지. 아마 모르긴 몰라도 그 힘을 자신이 흡수할 수 있도록 뭔가 수를 써 놨을 거야."

영웅의 말에 카오스가 심각한 표정으로 생각했다.

"도대체 우리의 힘을 전부 흡수해서 뭘 하려고 하는 거지?"

"궁금하니 직접 가서 물어보자. 어차피 내 힘은 흡수하지 못할 테니."

영웅의 말에 카오스가 그를 바라보았다.

"내가 인간에게 의지하는 날이 올 줄은 몰랐네."

"그래서 싫어?"

"아니! 너무 좋다는 뜻이었다. 솔직히 누가 너를 인간으로 보냐?"

"데몬은 나를 인간으로 생각할걸?"

영웅의 대답에 카오스가 입가에 미소를 지었다.

"인간이라고 생각하고 방심하다가 맞으면 더 아프려나?"

"그건 나도 궁금하군. 해 보자."

영웅과 카오스는 장난스러운 표정을 지으며 서로를 바라 보았다.

제4천체우주 데몬의 성.

데몬이 살짝 당황스러운 얼굴로 앞을 바라보고 있었다.

"카오스?"

"왜? 반다크족에게 괴롭힘을 당하고 있어야 할 내가 나타나서 놀랐냐?"

카오스의 말에 데몬이 이내 표정을 고치고 입가에 미소를 지으며 태연한 자세로 말했다.

"아니, 예상보다 빨리 나타나서 의외라는 생각 중이었다. 그놈들 손아귀에서 벗어나다니 제법인데?"

"미친놈이군. 그놈들 우리의 기운을 흡수하는 장치를 개발했던데. 설마, 네놈이 도운 것이냐?"

"안 본 사이에 통찰력도 좋아졌군. 맞다! 내가 도와주었지."

"그 무기는 나뿐만 아니라 네놈의 목을 조르는 무기였다. 그걸 알고도 도와줬단 말이냐?"

카오스가 무서운 인상으로 노려보며 말하자, 데몬이 피식 웃으며 대수롭지 않게 대답했다.

"아니지. 모든 우주를 다스릴 수 있게 해 주는 무기지."

"뭐? 모든 우주를 다스린다고? 너…… 설마……. 일부러?"

"크크크, 당연하지. 코스모스님의 기운을 흡수하는 장치라니. 정말로 구미가 당기는 기술이 아니냐. 그것만 있으면 우주에 있는 모든 천체우주를 다스리는 관리자들뿐 아니라 코스모스님의 기운도 흡수해서 내 것으로 만들 수가 있지. 아니, 내가 진정한 우주의 신이 될 수 있다!"

"그놈들 역시 그 힘을 흡수할 수 있다! 너 역시 힘을 흡수당할 수도 있었어!"

"크크크, 설마 내가 그것에 대한 대비도 없이 그놈들을 도왔다고 생각하느냐?"

"대비라니? 그 무기에 대한 대비를 할 수 있단 말이냐?"

카오스의 말이 끝나자마자 데몬의 몸에서 이질적인 기운이 솟아오르기 시작했다.

"그놈들이 내 기운을 흡수하지 못하도록 코스모스의 힘을 새롭게 개조했다. 나는 이것을 암흑력이라 부르지. 다들 코스모스의 힘을 신성시하며 개조할 생각을 하지 않는 것이 문제지, 마음만 먹으면 언제든지 바꿀 수 있다."

"어째서? 그분은 우리의 창조주이자 부모님이다! 도대체 왜 이러는 것이냐!"

"몰라서 묻는가? 이곳을 벗어나기 위해서다. 언제까지 이 빌어먹을 감옥 같은 곳에서 매일 똑같은 일상을 반복하며 살 수는 없지. 나는 자유롭게 살 것이다."

"네놈의 자유를 위해서 우주에 혼돈을 불러오겠다는 소리냐? 관리자들이 사라지면 이 세상이 어찌 되는지 잘 알잖아!"

"크크크. 정의의 사도 같은 이야기를 하는구나. 네놈도 과거엔 나와 같았으면서. 끝없는 지루함에 만사가 귀찮아서 분신으로 대충 우주를 다스리던 놈이 할 소리는 아닌 것 같은데?"

데몬의 말에 카오스가 찔리는 구석이 있는지 움찔했다.

"차라리 잘되었다. 어떻게 반다크족의 손에서 벗어났는지는 모르겠지만 너부터 소멸시켜 주마. 그래도 가장 친한 친구니까 정을 생각해서 고통 없이 흡수해 주지."

"흥! 쉽지는 않을 것이다!"

카오스가 주먹에 혼돈력을 집중시키자 데몬이 비웃었다.

"크크크, 여태껏 내가 하는 말을 뭐로 들은 것이냐. 나에게 통하지 않는다니까?"

"아! 그렇지! 나도 모르게 흥분했네."

카오스가 의외로 순순히 인정하자, 데몬이 고개를 갸웃거렸다.

"뭐지? 포기한 것인가?"

"아니, 너를 혼내 줄 사람은 따로 있는데 깜박했다."

"뭐?"

그때 카오스 뒤에 있던 영웅이 앞으로 나섰다.

그에 데몬이 황당한 얼굴로 물었다.

"인간?"

"맞다. 맞고 울면서 도망가지나 말아라."

"지금…… 나를 놀리는 것이냐? 고작 인간 따위를 전면에
내세우면서 뭐? 도망치지 말라고?"

"잘 알아들었네."

카오스의 대답에 데몬의 표정이 심각하게 일그러지기 시
작했다.

자신을 놀리고 있다 여긴 것이다.

자신을 상대하는데 본인이 직접 나서는 것도 아니고 창조
물을 앞세우다니.

"고통 없이 보내 주려 했는데……. 방금 생각이 바뀌었다.
나를 모욕한 대가를 받아 가겠다."

데몬이 무서운 얼굴로 카오스를 향해 천천히 걸음을 옮기
기 시작했다.

그 사이로 영웅이 끼어들며 말했다.

"어디를 가는 거야? 못 들었어? 네 상대는 나라고 했잖
아."

"버러지가! 죽어라."

데몬이 짜증을 내며 영웅을 향해 손을 휘저었다.

"어? 왜 안 사라지는 거지?"

분명히 소멸시키려고 힘을 사용했는데, 영웅이 아직도 그
자리에 있었다.

데몬은 자신의 손을 바라보며 고개를 갸웃거렸다.

확실하게 힘을 사용했다. 그런데 눈앞에 있는 인간으로 보이는 놈이 멀쩡했다.

"창조물에 무슨 짓을 한 거지?"

데몬의 물음에 카오스가 웃으며 말했다.

"창조물 아닌데? 내가 언제 창조물이라고 했어? 비슷하다고 했지."

"아직도 나를 놀릴 셈인가."

쿠오오오-.

데몬의 몸에서 엄청난 양의 암흑 기운이 휘몰아쳤다. 그 기운은 서서히 퍼져 나갔고, 그 기운에 닿은 생명체들은 소멸되기 시작했다.

"주, 주인님! 저희가 있습니다!"

수하들의 외침에도 데몬은 힘을 거두지 않았다.

하나둘씩 소멸되어 가는데도 도망가는 이가 하나 없었다.

어차피 도망갈 수 없다는 것을 잘 알기 때문이었다.

그저 운명이라 생각하고 다들 눈을 감은 채 받아들이고 있었다.

데몬의 암흑력이 성 전체를 뒤덮으며 그 안에 있는 모든 생명체를 소멸시켰다.

하지만 영웅과 카오스에게 피해를 입히지 못했다.

아니, 카오스는 괴로워하며 이를 악물고 버티고 있는 반면, 영웅은 편안한 표정으로 서 있었다.

그에 데몬이 영웅을 노려보며 물었다.

"어째서 너는 멀쩡한 거지?"

이해가 가질 않았다.

카오스마저도 힘겨워하며 고통스러워하는 자신의 힘을 정면으로 받고도, 아무렇지 않은 듯이 미소만 짓고 있었다.

"너보다 강하니까."

영웅의 말에 데몬의 눈썹이 꿈틀거렸다.

데몬의 몸에서 흘러나오는 암흑력이 그의 주먹에 응축되기 시작했다.

"누군가를 제대로 공격해 보는 것은 일만 년 만이군."

파앗-.

순간 데몬의 신형이 사라짐과 동시에 영웅의 코앞으로 주먹이 나타났다.

무시무시한 파공성과 함께 암흑력을 가득 머금은 주먹이 영웅의 머리를 박살 낼 기세로 날아오고 있었다.

하지만 데몬의 주먹은 허공을 갈랐고 이내 복부에서 느껴지는 더러운 기분에 자신도 모르게 고개를 숙였다.

"어, 언제."

분명 피할 시간도 없었을 텐데 피한 것도 모자라 복부에 주먹을 꽂아 넣은 것이다.

그보다 데몬을 더더욱 놀라게 한 것은 따로 있었다.

"고, 고통?"

복부에서 느껴지는 생소하고 더러운 이 기분.

바로 고통이었다.

"크흑!"

고통을 느낀 것이 얼마 만인가.

기억도 나지 않았다.

데몬은 거리를 벌리고 놀란 눈으로 영웅을 바라보았다.

"너……. 정체가 뭐냐? 나에게 고통을 주다니."

"이제 시작인데 겨우 그 정도로 놀라긴."

"뭐?"

파앗-.

이번엔 영웅의 신형이 사라짐과 동시에 데몬의 안면에 주먹이 날아들어 왔다.

데몬 역시 영웅이 했던 것처럼 피하려 했다.

퍼억-.

하지만 묵직한 소리와 함께 얼굴에서 고통이 느껴졌고, 당황한 데몬이 몸을 뒤로 빼려 했다.

하지만 영웅은 그런 데몬을 놓아주지 않았다.

누군가가 자신을 붙잡은 것처럼 몸이 움직이지 않자, 데몬은 순간적으로 크게 당황하며 영웅을 바라보았다.

그의 눈에 영웅이 미소를 지으며 주먹을 날리는 장면이 들어왔다.

파파파팟-.

순식간에 수백, 수천 개로 늘어난 영웅의 주먹이 데몬의 몸 전체를 난타하기 시작했다.

투가가각-.

순식간에 온몸을 덮치는 엄청난 고통에 정신을 못 차리는 데몬이었다.

"끄으윽!"

지금껏 한 번도 경험해 보지 못했던 고통들이 데몬의 온몸 구석구석을 파고들었다.

한 방, 한 방이 소멸될 것 같은 위력이었다.

데몬은 여기서 이렇게 허무하게 죽고 싶지 않았다.

그래서 자신 안에 있는 모든 암흑력을 끌어모아 영웅의 공격에 대항하기 시작했다.

터터팅-.

그러자 데몬 주변으로 투명한 막이 생겨나면서 영웅의 주먹이 튕겨 나갔다.

자신의 주먹이 보호막에 의해 막히자 영웅은 의외라는 표정으로 주먹질을 멈추었다.

영웅의 공격을 막아 내는 것에 성공했지만, 데몬의 상태는 좋아 보이지 않았다.

처음 말끔했던 그의 모습은 온데간데없고, 처참하게 변한 모습만 보였다.

데몬은 지금 이 상황이 믿어지지가 않았다.

우주의 신인 자신이, 곧 전 우주를 지배할 자신이 당했다.

그것도 다른 우주의 신도 아닌, 고작 창조물 따위에게 당하다니.

심지어 지금 자신은 다른 때보다 더 강해진 상태였다.

'그보다 이 기운……. 빌어먹을, 코스모스님의 기운이군.'

자신에게 고통을 주는 힘.

바로 코스모스의 기운이었다.

그렇다면 눈앞에 있는 건방진 창조물을 어찌 상대해야 할지 답이 나왔다.

데몬이 손을 들어 무언가를 소환하기 시작했다.

이내 그의 몸에 갑옷 같은 것이 돋아났다.

"어쩐지 강하더라니……. 네놈도 코스모스의 힘을 지녔구나!"

"이제 알았어?"

"크크, 멍청한 놈. 그걸 나에게 들킨 이상 네놈에게 더는 기회가 없다. 내가 이 갑옷을 입은 이상 그 힘은 나에게 통하지 않는다!"

"그게 코스모스의 힘을 흡수하니?"

"직접 겪어 봐라!"

데몬이 영웅을 향해 달려들었다.

그때 카오스가 외쳤다.

"크흑! 히, 힘이! 조심해! 정말로 우리가 가진 힘을 흡수하고 있다!"

카오스의 외침에 영웅은 즐거운 듯 미소 지었다.

영웅 역시 느끼고 있었다. 자신의 몸에서 코스모스의 힘이 빠져나가고 있는 것을.

물론 지금 빠져나가는 것은 영웅의 기운으로 변환되지 않은 코스모스의 힘이었다.

그래도 몸에서 무언가가 빠져나가는 기분은 처음 겪는 것이었기에 신선했다.

이런 긴장감을 느끼고 싶었다.

아주 오랫동안.

"어디 한번 부딪쳐 볼까?"

영웅 역시 데몬을 향해 몸을 날렸다.

허공에서 둘의 공방이 이루어지며 거대한 폭풍이 일어났다.

전투가 계속 이어질수록 데몬의 눈이 점점 커졌다.

"도, 도대체 얼마나 많은 힘을 가지고 있는 것이냐! 이, 이럴 수는 없다!"

끊임없이 기운을 흡수하는데도, 지치기는커녕 점점 더 강해지는 영웅의 모습에 기가 질린 것이다.

그럴 수밖에 없는 것이 영웅이 지닌 기운은 순수한 코스모스의 힘이 아니었다.

수많은 평행차원을 다니면서 얻은 힘들의 복합체였다.

한마디로 코스모스의 힘이 아닌 온전한 영웅의 기운이라는 말이었다.

　그것을 알 리 없는 데몬은 영웅의 말도 안 되는 힘에 점점 두려움을 느끼기 시작했다.

　쩌억-.

　끝없이 이어질 것 같은 공방 중 데몬의 갑옷에서 심상치 않은 소리가 들렸다.

　갑옷이 갈라진 것이다.

　우주에 있는 모든 기운을 흡수하고 절대로 파괴되지 않는다는 갑옷이 영웅의 공격에 파괴되기 시작한 것이다.

　"가, 갑옷이!"

　갈라진 갑옷을 본 데몬이 거리를 벌리고 경악한 표정을 지었다.

　그게 영웅이 주먹을 풀고 손을 훌훌 털면서 말했다.

　"단단하긴 더럽게 단단하네. 내 주먹을 그렇게 맞고도 이제야 금이 가는 정도라니."

　자신이 진심으로 공격했는데 그것을 전부 막아 내는 갑옷의 능력에 진심으로 놀란 영웅이었다.

　이렇게 원 없이 주먹을 휘두른 것은 처음이었다.

　속이 뻥 뚫리는 기분.

　한편으로는 아쉬웠다.

　조금만 더 버텨 주었으면 하는 마음이 들었다.

"그거 다시 고칠 수는 없나?"

영웅의 물음에 데몬이 황당한 표정을 지으며 바라보았다.

데몬의 눈에 아쉬워하는 영웅이 보였다.

"서, 설마……. 갑옷이 부서지면 나는 아무것도 아니라는 소리냐?"

영웅은 대답을 회피했다.

데몬이 이를 악물었다.

자존심에 상처를 입은 데몬이 분노한 눈빛으로 영웅을 향해 달려들었다.

그 모습을 본 영웅이 말했다.

"갑옷이 없어지면 많이 아플 텐데?"

"닥쳐라! 그깟 고통에 내가 굴복할 것 같으냐!"

"혹시 아까 느낀 고통이 전부라고 생각하는 건 아니겠지?"

데몬은 대답하지 않았다.

그저 영웅을 죽이겠다는 일념으로 끊임없이 공격할 뿐이었다.

하지만 영웅은 데몬의 공격을 여유롭게 피하며 끊임없이 말로 공격하고 있었다.

"뭐야? 왜 이렇게 느려? 우주를 지배할 자의 속도가 너무 느린데?"

"주둥이 좀 닥쳐!"

빠바바밧-.

영웅의 말에 자극을 받았는지 데몬의 공격 속도가 빠르게 올라갔다.

그럼에도 영웅에게 그 어떤 타격도 주지 못하고 있었다.

"쥐새끼같이 잘도 피하는……. 커헉!"

계속 피하는 영웅에게 분노의 일갈을 날리려는 찰나, 복부에서 엄청난 고통이 밀려오면서 몸이 붕 뜨는 것이 느껴졌다.

쩌적- 쩍- 퍼석-!

그와 동시에 간당간당하게 버티고 있던 갑옷이 완전히 박살 나며 사방으로 흩어졌다.

하지만 데몬은 갑옷에 신경 쓸 여유가 없었다.

이어지는 영웅의 공격에 정신이 없었기 때문이다.

퍼퍽- 퍽퍽퍽-.

막아도 소용없었다.

방어막을 펼쳐도 소용없었다.

그것을 뚫고 들어와 고통을 주었다.

빠악-.

"크흑!"

정신없는 공격 뒤에 이어진 강력한 발 차기에 데몬은 한참을 날아갔다.

쿠콰쾅-.

끝도 없이 날아가던 데몬은 근처에 있던 거대한 바위와 부딪혔고 그 여파로 거대한 바위가 여러 조각으로 갈라지며 사방으로 날아갔다.

바위와 부딪혀 겨우 멈춘 데몬은 욱신거리는 몸을 바라보며 생각했다.

'차, 창조물들은 이, 이런 고통을 겪으면서 살아간단 말인가.'

너무 아팠다.

그리고 무서웠다.

저기 자신을 바라보며 천천히 걸어오는 영웅이라는 괴물이 두려웠다.

'빌어먹을. 저런 괴물이 존재할 줄이야. 어쩌지? 암흑력도 안 통하고……. 도망가기는 힘들 것 같고…….'

그야말로 진퇴양난이었다.

지금 상황을 파악하던 데몬은 순간적으로 주변의 풍경을 바라보았다.

아무것도 남지 않았다.

자신이 머물던 성도, 자신을 신처럼 따르던 수하들도.

순간 허무함이 밀려왔다.

우주를 다스리겠다는 것이 얼마나 허망한 꿈이었는지 깨달았다.

고개를 들어 영웅을 보았다.

마음을 비우고 보니 그제야 보였다.

영웅의 진정한 모습이.

'강한 정도가 아니었군. 애초에 내가 상대할 수 있는 자가 아니었다.'

무언가에 씌었던 것일까?

바닥에서 일어난 데몬은 투지 없는 모습으로 가만히 서 있었다.

그 모습에 영웅이 고개를 갸웃거리며 물었다.

"뭐지?"

"정신이 들었다. 내가 지금 무슨 짓을 하려 했던 것인지……. 정신이 나갔었던 모양이군. 마음대로 해라. 죽이려면 죽이고……."

그에 영웅이 주먹에 기운을 끌어모으기 시작했다.

쿠오오오-.

데몬은 그럴 줄 알았다는 표정으로 덤덤히 그것을 바라보았다.

'역시 나와 싸울 때도 전력이 아니었군. 저런 기운이라니. 말도 안 되는 괴물이 세상에 나왔구나.'

예상대로 영웅은 자신과 싸울 때 전력을 다한 것이 아니었다.

자신은 죽을힘을 다해 덤볐는데 말이다.

확인하고 나니 마음이 편해졌다.

자신은 강자와의 대결에서 진 것이니까.

이 순간에도 영웅의 주먹에는 우주를 멸할 것 같은 기운이 응축되고 있었다.

데몬이 눈을 감았다.

저 주먹에 응축된 기운이면 자신은 소멸이다. 데몬의 입가에 씁쓸한 미소가 지어졌다.

그때였다.

"아, 안 돼!"

카오스의 다급한 목소리가 들렸다.

데몬은 카오스의 목소리에 눈을 떴고, 자신 앞에서 양팔을 벌린 채 소리를 치는 카오스를 보았다.

"이 친구를 살려 줘! 이놈 말대로 잠시 정신이 나갔었던 모양이다! 아마 반다크족 그 빌어먹을 놈들이 이 친구를 달콤한 말로 꼬셨을 거다! 거기에 이 친구가 사라지면 이 천체 우주도 끝이야! 그러니 제발 살려 줘."

카오스의 간절한 외침을 들은 데몬이 눈을 감으며 피식 웃었다.

자신은 친구를 죽이려 했는데 친구는 반대로 자신을 살리려 하고 있었다.

하지만 과연 자신을 소멸시키기 위해 기운을 모으고 있는 저 괴물이 카오스의 말을 들을까?

아닐 것이다.

강자는 자신이 정한 길을 쉽게 바꾸지 않는 법이다.

아마 저자도 마찬가지일 것이다.

그렇게 생각했다.

"그래! 네가 부탁하는 건데 들어주지 뭐."

영웅이 너무도 쉽게 힘을 거두며 카오스의 말을 들어주자 데몬이 놀란 얼굴로 영웅을 바라보았다.

데몬이 놀란 얼굴로 자신을 쳐다보자 영웅이 웃으며 말했다.

"뭘 그렇게 보냐?"

"도대체 왜……?"

"친구의 부탁이니까?"

"뭐? 그게 전부야?"

"그럼 무슨 이유가 더 필요하지?"

영웅의 답변에 데몬이 고개를 돌려 카오스를 바라보았다.

카오스가 감격한 표정으로 영웅을 바라보고 있었다.

부러웠다.

자신도 저런 친구가 있었으면 하는 생각이 들었다.

"너도 나랑 친구 할래?"

생각지도 못했던 물음에 데몬의 얼굴이 다시 영웅에게로 향했다.

그의 눈에는 믿을 수 없는 표정이 역력했다.

"싫어?"

"아니! 좋아!"

데몬이 재빨리 대답했다.

그 모습에 영웅이 씩 웃으며 말했다.

"일단 여기부터 원상 복구 하고 다시 이야기하자."

"으응."

어느새 영웅의 말을 고분고분 잘 듣기 시작한 데몬이었다.

모든 것이 원상 복구 된 데몬의 성.

소멸되었다가 다시 복원된 수하들은 이전의 상황을 기억하지 못하는지 영웅과 카오스를 보며 어리둥절한 표정을 짓고 있었다.

자신의 주인인 데몬이 둘을 너무도 친근하게 대하고 있었기 때문이다.

하지만 이내 신경을 끄고 평소 자신들이 하던 일을 찾아 분주하게 움직였다.

그 시각, 데몬은 연신 영웅의 눈치를 살피고 있었다.

"왜 그렇게 계속 내 눈치를 보는 거야?"

영웅의 물음에 데몬이 재빨리 눈을 돌리며 말했다.

"그, 그게……. 우, 우리 진짜 친구가 된 것이 맞는지 궁금해서."

데몬의 말에 영웅이 피식 웃었다.

"친구 하자고 했으면 친구지. 뭐 증표 이런 게 필요해?"

"아, 아니! 아직 믿기지 않아서 그러지."

"왜? 하찮은 창조물하고 친구 하려니 도저히 용납이 안 돼?"

영웅이 장난 가득한 표정으로 말하자 데몬이 기겁을 하며 손사래를 쳤다.

"아, 아니야! 그, 그게 무슨! 오, 오해다!"

기겁하는 데몬의 모습에 영웅이 재밌다는 표정을 지었다.

그리고 이어 말했다.

"걱정 마라. 누가 뭐래도 너는 내 친구니까."

영웅의 말에 안도의 한숨을 쉬는 데몬이었다.

그리고 미소를 지으며 말했다.

"친구라는 건 좋은 거네. 항상 이 성에서 나 혼자 기나긴 시간을 보내는 것이 너무 외로웠거든."

"맞아. 그게 우리 숙명이라고 생각하며 살았지."

"그런데 생각해 보니 어차피 우리가 딱히 하는 일은 없는데 말이야. 옆 동네 천체우주 가서 놀고 오고 그러면 되는 일인데."

"우리가 고지식해서 그래. 생각을 바꾸면 더 나은 삶이 이렇게 펼쳐지는데 우리는 그럴 생각을 하지 않았지."

카오스가 맞장구를 쳐 주니 신이 난 데몬이 계속 떠들었다.

그렇게 한참을 떠들고 있을 때 영웅이 차원문을 열고 그 안에서 무언가를 꺼내며 말했다.

"먹으면서 하자."

영웅의 말에 카오스의 입이 함지박만 하게 커지더니 무척 기뻐했다.

데몬은 그런 카오스의 반응에 고개를 갸웃거렸다.

"먹어 봐. 인간들이 만든 음식이라는 건데 아주 엄청나."

카오스나 데몬, 둘 다 먹지 않아도 살아가는 존재들이었다.

그랬기에 영웅을 만나기 전까지는 음식이라는 존재는 알아도 그것에 대한 맛은 알지 못했다.

데몬은 카오스가 저리 좋아하는 것을 보니 호기심이 생겼다.

어느새 거대한 탁자 위는 수많은 산해진미로 가득 채워졌다.

침을 연신 삼키는 카오스와 달리, 데몬의 표정은 시큰둥했다.

그 모습을 본 카오스가 말했다.

"모든 감각을 혀에 집중시키고 먹어 봐."

"먹는다?"

"나처럼 이렇게 입에 넣고 씹으라고."

우물- 우물-.

"으음! 그래! 이 맛이야!"

입에 음식을 넣은 카오스가 몸을 부르르 떨면서 행복한 표정을 짓자 데몬 역시 혀에 모든 감각을 집중시킨 뒤에 음식을 입 안으로 밀어 넣었다.

우물- 우물-.

"헉!"

카오스를 따라 몇 번 씹던 데몬이 화들짝 놀라며 멍하니 천장을 바라보았다.

그 와중에 입은 계속 움직이고 있었다.

꿀꺽-.

"이, 이게 뭐야?"

"뭐긴 뭐야? 창조물들이 먹는 음식이라는 거지."

"차, 창조물들은 이, 이런 엄청난 것을 먹는단 말이야?"

"엄청난 것이 아니라 그들은 이것을 먹어야 살 수 있으니까."

"대단하군. 대단해."

데몬은 탁자 위에 놓인 음식들을 바라보았다.

그 순간 빠르게 움직이는 손이 보였다.

카오스였다.

입 안 가득 음식을 밀어 넣은 카오스가 말했다.

"머뭇거리면 없다."

그에 데몬의 눈빛이 전투적으로 변했다.

"네놈에게 질 수는 없지!"

그리고 탁자 위에 음식들을 노려보고는 정신없이 흡입하기 시작하는 데몬이었다.

그런 둘의 모습을 보던 영웅은 조용히 술을 마시며 웃었다.

데몬과의 일까지 마무리 지은 영웅은 지구로 돌아와 다시 평소와 다름없는 삶을 이어 가기 시작했다.

엘런족의 관리하에 지구는 예전과 똑같은 각성자들의 세상이 이어졌다.

그리고 화이트 웜홀은 사라졌다.

이제 언제든지 마음만 먹으면 그곳으로 이동할 수 있는 힘을 가졌기에 가능한 일이었다.

거기에 자신과 연이 닿은 차원에는 자신의 분신을 만들어 그곳에 상주시켰다.

분신이 보고 느끼는 것은 고스란히 본신체인 영웅에게 전달되었다.

홍익인간족은 다시 창조의 기운을 이용해 새로운 생명체를 탄생시켰고 무라트족은 파괴의 힘을 이용해 우주의 균형을 맞추었다.

카오스와 데몬은 영웅의 집에 아주 자리를 잡고 그곳에서 생활하고 있었다.

안식년 동안 지구에 머물며 실컷 즐기겠다고 아예 눌러앉았다.

바쁜 나날을 보내온 영웅.

그는 자신의 원래 부모님과 형제들이 있던 평행세계로 넘어왔다. 그리고 그곳에 마련된 무덤 앞에 자리를 잡고 앉아 하늘을 바라보고 있었다.

원래는 이들을 다시 되살려 내려 했었다.

보고 싶었으니까.

그런데 풍백이 고개를 절레절레 흔들며 그것은 힘들다고 답변해 주었다.

살려 낼 수는 있지만, 너무 오랜 시간이 지난 상태라 영웅에 대한 기억은 거의 사라졌을 거라고.

고민이 되었다.

"이게 과연 맞는 것일까?"

평화롭게 흘러가는 구름을 바라보며 계속 생각에 잠긴 영웅.

그런 그의 앞에 풍백이 조용히 모습을 드러내며 허리를 숙였다.

"알아봤어? 가능하대?"

그래도 모르니 일단은 가능한지 알아보라고 시켰고 풍백은 이곳 차원의 영혼들을 관리하는 소울 서버에서 그들을 찾아보았다.

"불가능……할 것 같사옵니다."

"그래……. 전지전능한 힘을 가지고 있어도 안 되는 건 안 되는구나."

"그, 그게 아니옵고……. 그들은 환생해서 새 삶을 살아가고 있다고 합니다."

벌떡-!

풍백의 답변에 영웅이 놀란 얼굴로 벌떡 일어섰다.

"뭐? 어디서? 여기 지구에서?"

영웅의 물음에 풍백이 고개를 저으며 말했다.

"이곳이 아니라 다른 차원입니다."

"정말? 그곳이 어디야!"

"그럴 줄 알고 소신이 미리 조사해 왔습니다."

"그래? 잘했어! 당장 가 보자."

"충!"

다시 환생한 자신의 가족들을 영웅은 멀리서 바라보았다.

병원에 모여 한숨을 쉬고 있는 가족들의 모습을 보니, 기분이 좋지 않았다.

심지어 병원 중환자실에 누워 죽어 가는 자가 또 다른 자신이었다.

"이곳도 그런 것인가? 나로 인해…… 죽어 가는 것인가?"

"아닙니다. 폐하와 도플갱어들의 인과율은 끝났습니다. 저기에 누워 있는 것은 그저 우연한 사고일 뿐입니다."

"그런가? 그럼 살려도 되겠지?"

"모든 것은 폐하의 뜻대로 하시면 되옵니다."

풍백의 말에 중환자실에 누워 있는 또 다른 자신에게 손을 뻗는 영웅이었다.

"영혼이 없다."

"영혼이 없다는 것은 이미 소울 서버에 회수되었을 수도 있습니다."

"찾아봐."

"알겠습니다!"

풍백이 영혼을 찾으러 간 사이 영웅은 가족들을 보며 심각한 고민에 빠졌다.

'투신이라……. 온몸에 멍이 든 상처와 화상 자국. 거기에 여기저기에 난 베인 상처들.'

누워 있는 강영웅의 몸 상태를 살펴본 영웅은 저것들이 무엇에 의한 상처인지 깨달았다.

'괴롭힘을 당했군.'

누구에게 괴롭힘을 당했을까.

"이곳 세상에서의 강영웅이 몇 살이지?"

"18살입니다."

풍백의 말에 고개를 끄덕였다.

'18살이라……. 그럼 학교 폭력이군.'

웃기지 않은가?

우주 최강의 힘을 가진 자신의 도플갱어가 학교 폭력을 당하고 있다니.

그럼에도 영웅은 무덤덤했다.

지금까지 자신이 갔던 평행세상 속의 도플갱어들은 전부 이랬으니까.

이곳의 도플갱어 역시 그 괴롭힘을 더는 견디지 못하고 투신을 한 것 같았다.

'떨어지기 전에 이미 갈비뼈가 나가 있었군. 투신하기 전까지도 맞았다는 소리야.'

표정이 점점 일그러지는 영웅이었다.

그때였다.

풍백이 조심스럽게 다가왔다.

"알아봤어?"

"폐, 폐하……. 어, 없다고 합니다."

풍백의 말에 영웅이 고개를 돌려 의아한 표정으로 물었다.

"없다니? 그게 무슨 말이야? 사람이 죽으면 그 영혼이 소울 서버로 이동한다고 했잖아."

"가, 간혹 소울 서버로 가지 않고 다른 곳으로 새는 영혼들이 있습니다. 세, 세상 사람들이 말하는 귀신 현상이 바로 그 때문에 나타나는 것이죠."

"그럼 이 세상 어딘가에 떠돌고 있다는 소리야?"

"그, 그것이 꼭 이 세상이라고 단정 지을 수가 없습니다. 소울 서버로 이동하는 중에 빠져나갔다면 다른 세계에 떨어졌을 수도 있습니다."

"그게 가능해?"

"탈출하려는 의지가 강한 영혼에게 간혹 그런 일이 일어납니다. 보통은 엄청난 원한을 가진 영혼에게서 주로 일어나는 현상입니다."

"찾을 수는 있겠지?"

"시간만 주신다면 찾을 수 있습니다. 영혼이 내보내는 기파는 정해져 있으니까요."

"그럼 찾아. 그동안은……. 내가 직접 아들 행세를 하겠다."

"네?"

"겨우 다시 환생한 사람들이다. 그런 사람들에게 고통을 줄 수는 없지. 이 세상에서 가족들을 괴롭히는 모든 문제를 해결해야겠어. 괜찮겠지?"

"뜨, 뜻대로 하시옵소서!"

영웅은 누워 있는 또 다른 강영웅을 바라보며 중얼거렸다.

"악당들 괴롭히는 것은 내가 좀 하지. 어디에 있는지는 모르겠지만 잘 지켜봐라. 너와 네 가족을 괴롭힌 놈들에게 펼쳐질 지옥을 말이야."

섬뜩한 표정으로 미소 짓는 영웅의 모습에 풍백은 자신도 모르게 몸을 부르르 떨며 뒷걸음질 쳤다.

'누군지 모르겠지만, 네놈들은 크나큰 실수를 저질렀다. 신을 분노케 하다니.'

사람들이 말하는 신의 분노.

그것이 현실로 이뤄지는 순간이었다.

6장

세상의 시간을 일시적으로 정지한 후, 풍백은 중환자실에 누워 있던 강영웅의 몸을 회수해 갔다.

영웅은 중환자실에 누워 본래 강영웅이 입었던 상처들을 재현했다.

갑자기 나으면 의심받을 수도 있으니 일반인처럼 나아 가는 모습을 보이기 위함이었다.

모든 준비가 끝난 뒤 다시 시간이 흐르기 시작했다.

"흑흑! 여보, 우리 영웅이 깨어날 수 있겠죠?"

"당연하지! 그러니까 그런 걱정은 말아요."

"흑흑! 불쌍한 내 아들…… . 흑흑!"

아버지인 강백현과 어머니인 권혜영의 대화가 들렸다.

둘의 대화를 듣고 있던 영웅은 벌떡 일어나 괜찮다고 말해 주고 싶었다.

하지만 앞으로의 일을 위해 참았다.

대신 상처의 회복 속도를 좀 더 빠르게 할 생각이었다.

그때였다.

"강영웅 보호자님."

어떤 남자의 목소리가 들려왔다.

남자는 무테안경에 검은 정장을 입고 한 손에 서류봉투를 들고 있었다.

"네?"

"잠시 저와 이야기 좀 나누실 수 있을까요?"

강백현이 그 남자를 따라 나가고 권혜영은 안절부절못하는 표정으로 영웅을 바라보았다.

영웅은 강백현과 남자의 대화에 귀를 기울였다.

"아드님은 현재 뇌사 상태입니다. 저희 쪽에선 아드님이 깨어나실 확률을 다방면으로 계산했지만, 불가하다는 결론입니다. 해서 한 가지 제안을⋯⋯."

남자의 말에 강백현의 표정이 무섭게 변했다.

"지금 불난 집에 기름 뿌리는 거요? 아님 싸우자는 거요?"

"아, 아닙니다! 아니에요! 큰 오해십니다."

"오해? 지금 그딴 말을 해 놓고 오해라는 말이 나온단 말이오?"

"일단 진정하시고 제 이야기를 들어 주십시오."

남자의 말에 강백현이 팔짱을 낀 채 경계하는 눈빛으로 말했다.

"말해 보시오. 가당치 않은 이야기라면 가만두지 않을 테니."

"후우, 알겠습니다. 이런 말씀을 드리는 건 저로서도 마음이 아프지만, 그래도 일단 전달하겠습니다. 혹시, 아드님의 장기를 다른 이들에게 기증하실 생각은 없으십니까?"

"……."

강백현은 말이 없었다.

"여러 사람에게 생명을 나눠 줄 수 있는 일입니다. 보통 뇌사자들의 장기 기증을 통해 많은 생명을……."

"지금…… 나더러…… 내 아들의 생명을 끊으라고 말하는 거요?"

"제 말을 오해하셨군요. 그런 뜻이 아니라……."

강백현이 남자의 멱살을 잡으며 소리쳤다.

"그런 뜻이 아니라니! 그런 뜻이잖소! 내 아들을 죽여 장기를 꺼내겠다는 소리가 아니고 뭐요!"

"켁켁! 지, 진정하십시오. 일단, 말만 전해 드리러 온 것입니다. 오늘은 이만 가 보겠습니다. 잘 생각해 보시고 마음이 바뀌시면 연락 주십시오."

"연락할 일은 절대로 없을 것이니 그리 아시오!"

강백현이 남자를 죽일 듯한 눈빛으로 노려보고는 강영웅이 누워 있는 중환자실로 성큼성큼 걸어갔다.

잠시 후.

중환자실에 도착한 강백현은 산소호흡기를 쓴 채 잠들어 있는 영웅을 바라보며 눈물을 글썽였다.

"정말로…… 정말로 다신 일어날 수 없는 것이냐?"

강백현의 중얼거림에 옆에 있는 권혜영이 화들짝 놀라며 그의 등짝을 세게 후려쳤다.

짝─!

"지금 그게 무슨 소리예욧! 우리 아들이 다시 일어날 수 없긴 왜 없어요! 당신 지금 미쳤어요?"

"여보……."

"빈말이라도 다신 그런 말 하지 말아요!"

"미안하구려."

강백현이 사과를 하는 그 순간.

"헉! 여, 여보! 여, 영웅이 손이!"

권혜영이 놀란 표정으로 영웅을 가리켰다.

그에 재빨리 강백현이 고개를 돌렸다.

"소, 손이 움직이잖아?"

"여보! 어서…… 어서 의, 의사 선생님을 불러요! 빨리요!"

"아, 알았소!"

강백현이 의사를 부르러 간 사이, 권혜영이 영웅을 향해 달려갔다.

자신이 잘못 본 것이 아니었다.

영웅의 손가락이 까딱거리며 움직이고 있었다.

"아, 아들! 엄마 말 들려? 들리면 손가락을 움직여 봐!"

권혜영의 외침에 영웅의 손가락이 다시 움직였다.

그것을 본 권혜영의 눈가에서 눈물이 마구 흘러나오기 시작했다.

그때 의사와 간호사들이 다급하게 달려왔다.

영웅의 상태를 살펴보던 의사가 놀란 얼굴로 말했다.

"이, 이럴 수가. 정말로 반응하고 있잖아?"

의사의 말에 권혜영이 다급하게 물었다.

"서, 선생님! 제 아들의 정신이 돌아왔다는 소린가요?"

"그렇습니다! 기적입니다! 경과를 좀 더 지켜봐야겠지만 몸에 상처 치유도 순조롭고, 이대로라면 앞으로 빠르게 회복될 가능성이 큽니다."

"정말인가요? 그, 그럼 제 아들이 살아났다는 말인가요?"

"그렇습니다. 맥박도 정상이고 뇌파도 정상입니다. 동공의 반응도 활발하고 외부 자극에 대한 반응도 활발합니다."

의사의 말에 권혜영의 몸이 무너져 내렸다. 그녀는 바닥에 주저앉아 흐느꼈다.

"흑흑! 감사합니다! 감사합니다!"

"여보!"

강백현이 바닥에 주저앉은 권혜영을 꼭 끌어안으며 눈물을 흘렸다.

의사는 간호사들에게 앞으로 해야 할 일들을 지시하고는 강백현과 권혜영의 인사를 받으며 자리를 떠났다.

강백현과 권혜영은 손을 꼭 잡은 채 분주하게 움직이는 간호사들과 침상에 누워 있는 영웅을 바라보고 있었다.

"살아 줘서 고맙다. 정말로 고마워."

"일어나면 엄마가 너 좋아하는 음식 잔뜩 해 줄게."

두 사람의 말에 영웅은 속으로 미소를 지었다.

'앞으로 행복한 일만 있을 겁니다.'

　

한 달 후.

말도 안 되는 속도로 순식간에 몸을 회복한 영웅은 퇴원해서 집으로 올 수 있었다.

그가 어릴 적 살던 집과 똑같은 집의 모습에 신기해하고 있을 때였다.

"허허, 녀석. 뭐가 그리 신기하다고 두리번거리느냐."

"호호! 오랜만에 집에 오니 그러는 거 아니에요. 당신도 참."

항상 슬퍼하던 권혜영의 얼굴에 웃음꽃이 피어났다.

"앞으로 두 분 걱정 끼치는 일은 없을 거예요."

영웅의 말에 두 사람이 놀라며 말했다.

"무슨 소리냐. 너는 우리에게 걱정을 끼친 적이 없다."

"그래, 그런 소리 하지 말어. 우리 아들, 엄마가 금방 맛있는 요리 해 줄게."

"나도 돕지! 뭐부터 할까?"

"호호, 그러실래요? 영웅이는 뭐 할래?"

"저는 간만에 집 좀 돌아보겠습니다."

"그래. 그리고 말투가 어색하다. 갑자기 웬 존댓말?"

"아! 응. 지, 집 좀 돌아볼게."

"그래, 이제야 우리 아들답네."

영웅이 친근한 말투로 바꾸자 그제야 환한 얼굴로 콧노래를 흥얼거리며 부엌으로 향하는 권혜영이었다.

그 모습에 피식 웃고는 자신의 방으로 들어갔다.

"놀라울 정도로 똑같군."

이럴 수가 있나 싶을 정도로 똑같은 방 구조에 소름이 돋는 영웅이었다.

"그런데 전 세상에서 나를 괴롭히던 놈들이 있었던가?"

없었다.

전 세상에서는 태어날 때부터 힘이 좋았다.

그래서 학교에서 자신을 건드리는 놈들은 없었다.

이곳 세상에서 태어난 영웅이 저렇게 힘없이 당한 것이 전부 자신 탓인 것 같아 마음이 아픈 영웅이었다.

방 안을 둘러보던 영웅은 책상 속에 숨겨진 노트를 발견했다.

일기였다.

그 안에는 이곳의 강영웅이 어떻게 괴롭힘을 당했고 누가 그들을 괴롭혔는지에 대해 상세하게 적혀 있었다.

거기에 일기장 곳곳에 젖은 흔적이 있었다.

눈물로 쓴 일기장이었다.

이곳 세상에서의 강영웅의 고통이 절절히 느껴졌다.

내용은 더 심각했다.

고문을 다루는 전문 서적에서나 나올 법한 것들이 일기장에 적혀 있었다.

심지어 교묘하게 눈에 안 띄는 부위만을 공략하며 괴롭혔다.

"인간들이 아니군."

영웅이 인상을 찡그렸다.

"나를 괴롭힌 놈들을 어찌해야 할까."

영웅이 고민하기 시작했다.

그들에겐 최대한의 지옥을 맛보여 줄 생각이다.

죽이지 않을 것이다.

제발 죽여 달라고 애원하게 만들어 줄 것이다.

이 일에 관련된 이들 전부 말이다.

'나를 막는 놈들이 있다면 그놈들에게도 모조리 지옥을 보여 주지.'

뒤집어엎어 버리고 풍백에게 말해 이 세상 사람들의 기억 속에서 자신을 지워 버리게 하면 그만이었다.

물론, 강영웅을 괴롭힌 당사자들의 기억은 남겨 영원히 고통받게 할 것이다.

자신은 신이었다.

한참 동안 이런저런 생각에 빠져 있을 때였다.

"영웅아! 밥 먹어라!"

엄마의 목소리가 들려왔다.

부모님은 강영웅이 학교에서 괴롭힘을 당하는 사실을 아직 모르고 있는 모양이었다.

다친 이유도 발을 헛디뎌서 떨어졌다고 알고 있었다.

차라리 잘되었다.

모르는 것이 약이 될 수도 있으니까.

영웅이 입가에 미소를 지으며 자리에서 일어났다.

과연, 음식의 맛도 자신이 기억하는 엄마의 맛이 맞을지 궁금했다.

입가에 미소를 띤 채 자리에서 일어나 밖으로 나가는 영웅이었다.

집에서 며칠 쉬었다가 다시 등교를 하는 날.

아버지의 차를 타고 이동하는데, 아버지가 말이 없으셨다.

뭔가 불안해하는 표정.

"무슨 일 있으세요?"

자식의 질문에 화들짝 놀라며 답하는 아버지.

"어? 아, 아니다. 간만에 우리 아들 학교까지 데려다주려니 좋아서 감상에 빠졌었나 보다."

아니었다.

저건 감상에 빠진 모습이 아니었다.

-풍백.

-네! 폐하!

-아버지에게 무슨 일이 있는지 알아봐.

-충!

찝찝한 기분.

영웅이 아버지를 가만히 바라보았다.

저건 뭔가에 쫓길 때 보이는 현상이었다.

'뭐지? 생각을 읽어 볼까? 아니야. 아버지의 생각을 읽고 싶진 않다.'

그건 하고 싶지 않았다.

풍백이 정보를 알아 올 때까지 참기로 했다.

그러던 사이 어느새 차는 학교 앞에 도착했고, 영웅은 아무렇지 않은 얼굴로 강백현에게 인사를 했다.

"학교 다녀오겠습니다."

"그래! 우리 아들, 아프면 바로 선생님께 말하고 조퇴해야 한다. 알겠지?"

"네, 걱정 마세요. 저 아무렇지 않아요."

"그래, 무슨 일 있으면 전화하고."

"알았어요, 어서 가세요. 회사 늦으시겠어요."

"그, 그래."

아버지를 보내고 난 뒤 학교로 걸음을 옮겼다.

학교는 전 세상에서 다니던 것과 다른 곳이었다.

전 세상에선 부모님들을 다 잃고 혼자 살았기에 사립학교에는 들어갈 형편이 되지 않았다.

'여기서부터 꼬인 건가?'

그렇게 교문 앞에서 학교를 바라보고 있는데 문뜩 이상한 것들이 눈에 들어왔다.

등교하는 학생들이 다 영웅을 피하는 것이다.

마치, 마주치면 안 되는 것을 본 것처럼.

'이게 전교 왕따인가?'

강영웅을 괴롭힌 놈들이 학교 전체를 장악하고 있다는 소리다.

'재밌네.'

갑자기 학교가 재밌을 것 같은 기분이 들었다.

밤새도록 고민했다.

어찌 괴롭힐 것인지.

그때 등 뒤에서 누군가의 목소리가 들려왔다.

"여어! 이게 누구야! 우리 학교 위대한 영웅 님이 아니신가! 자살 시도했다더니 살아났네?"

뒤를 돌아보니 고급 외제 차에서 내리는 기생오라비처럼 생긴 놈이 눈에 들어왔다.

"뭐야? 지금 그 눈빛은? 건방지게 지금 주인님을 그런 눈으로 쳐다봐?"

"주인님?"

"하! 너 지금 반문했냐? 죽다 살아오더니 용기가 좀 생겼어?"

"너 누구냐?"

"뭐?"

"내가 기억이 없어서 말이야. 너 누구냐? 나 알아?"

"와……. 이런 구태의연한 전개라니. 기껏 생각한 것이 기억상실이냐? 어?"

"기억이 안 나는 걸 안 난다고 하지. 난다고 할까."

영웅의 말에 황당한 얼굴로 잠시 바라보더니 이내 재밌는 장난감을 발견한 놈처럼 표정이 바뀌었다.

"그래? 반응을 보니 정말로 기억을 잃은 거 같기는 하네.

나를 보고 그런 눈빛을 보내고 말이야. 좋아. 그럼 처음부터 다시 교육해 줘야겠네. 그것도 나쁘지 않겠다. 안 그래도 질려 가고 있었는데."

"교육? 내 교육은 학교 선생님이 잘 시켜 주고 계실 텐데?"

"하하하! 죽다 살아오더니 간덩이가 커졌구나? 재밌다, 재밌어. 한 가지 알려 줄까?"

"뭘?"

"이 학교에서 내 말에 토를 다는 놈은 없어. 지금 너를 제외하고."

"네가 이 학교의 제왕이라도 된다는 건가?"

"그건 이따 끝나고 천천히 알려 주지. 감히 자살 시도를 해? 누굴 곤란하게 하려고? 오늘 그 대가를 치르게 해 주지."

"기대되는군."

"뭐?"

예상외의 반응에 놀란 듯한 기생오라비였다.

"하하하! 진짜 재밌어졌네. 정말 새로워."

"이름이나 알려 줘라."

"그건 이따가, 이따가 알려 줄게. 밤새도록 내 이름을 각인시켜 주지."

기생오라비가 영웅의 어깨를 두어 번 툭툭 친 뒤에 비웃는 얼굴로 쳐다보면서 학교 안으로 들어갔다.

그것을 뒤에서 바라보던 영웅이 입가에 미소를 지으며 중얼거렸다.

"기대가 되는군. 누구의 이름이 뇌리에 각인될지 말이야."

⚊⚊

수업 시간.

영웅은 정면의 선생님을 주시하며 풍백의 보고를 받고 있었다.

강백현은 중소기업을 운영하고 있었다.

덕분에 수입도 나쁘지 않아 여섯 식구를 부족하지 않게 먹여 살릴 수 있었다.

문제는 강영웅이 건물에서 떨어지고부터였다.

막대한 치료비와 생명 유지에 들어가는 비용.

거기에 강영웅을 돌보느라 회사 일에 신경을 쓰지 못해 매출 하락까지 이어진 것이다.

매출 하락은 곧 수입에 여파를 주었고 병원비는 점점 부족해졌다.

강백현은 대출을 받아 병원비를 납부했고, 그것도 한계에 다다라 결국 사채까지 빌린 상황.

아침에 강백현의 표정이 어두웠던 것은 아마도 곧 빌린 돈을 갚아야 할 날이 다가온 탓인 것 같았다.

-한마디로 돈이 문제라는 거지?

-그렇습니다.

-흠, 돈이라. 풍백, 준비하라는 것은 다 되어 있겠지?

-그렇습니다. 제왕회(帝王會)라는 조직을 만들어 두었습니다. 이들이 폐하의 후견인이 될 것입니다.

-그들의 영향력은?

-전 세계 그 누구도 함부로 할 수 없는 위치에 있는 조직입니다. 한국이라는 나라에서는 제왕회를 건드릴 수 있는 세력이 없습니다. 제왕회의 부름이라면 대통령은 물론이고 대기업 총수, 국회의원 가릴 것 없이 달려와 엎드려야 합니다. 죽기 싫다면 말입니다.

-좋아.

-제왕회를 통해 자금을 전달할까요?

-아니, 일단 로또부터 사 와.

-네? 로또요?

-복권방에 가서 로또 복권 사 와. 내일 당장 당첨되는 것으로.

-아, 알겠습니다.

풍백이 당황한 목소리로 대답하고는 사라졌다.

일단은 급한 불부터 꺼 주는 것이 먼저였다.

그것도 자연스럽게.

오늘 아침에 자신에게 용돈을 주기 위해 꺼낸 지갑에서 본 것은 바로 로또 복권이었다.

영웅은 그것을 떠올리고 풍백에게 저런 지시를 내린 것이다.

오늘은 금요일.

내일 로또 당첨이 되면 바로 돈이 생긴다.

그 돈이면 당장 있는 빚은 전부 청산될 것이다.

그 후엔 회사를 키워 주면 된다.

엘런족의 기술을 이용해서 신기술을 전수해 줘도 되는 일이고 아니면 풍백이 자신을 위해 이 세상에 만들어 놓은 제왕회를 통해 키워 주어도 될 일이었다.

'복권은 아버지 지갑에 있는 것과 바꿔치기하면 그만이고.'

지푸라기라도 잡는 심정으로 복권을 구매하셨을 것이다.

'일단, 하나하나 정상으로 되돌려 놓는다.'

〰️

1교시가 끝나고 반에서 영웅을 괴롭히던 무리가 다가왔다.

"야, 강영웅. 오랜만이다?"

"야야, 또 발끈해서 뛰어내릴라. 알잖아. 영민이가 저녁까지 절대 건드리지 말라고 말한 거."

저랭세계
먼저컨

"알지, 알지. 그래서 안 건드리고 있잖아."

"이따 저녁에 실컷 가지고 놀면 되니까 참는다."

"근데 너 정말 아무것도 기억이 안 나냐?"

"진짠가 보네. 보통 영민이 이야기 나오면 벌벌 떨던 놈인데."

세 명은 돌아가면서 떠들어 댔다.

"아침에 본 느끼한 놈 이름이 영민이었군."

"뭐?"

영웅이 아무렇지도 않게 영민이라는 이름을 말하자 다들 놀란 눈치였다.

"이 새끼 이거 진짜로 정신이 나갔구나? 영민이 이름을 함부로 입에 담네?"

"이름을 부르는 것이 뭐 잘못된 것인가?"

"정말로 모르네? 너 인마, 주인님이라고 불러야지. 영민이가 뭐야. 주인님한테."

아주 놀고들 있었다.

영웅이 어이가 없어서 피식 웃자 세 놈이 발작하기 시작했다.

"허! 지금 비웃었냐?"

"와, 진짜 미치겠네. 영민이 말만 아니었으면 넌 우리한테 뒈졌어!"

"아오! 진짜 X발! 영민이가 실컷 가지고 논 뒤에 보자! 아주 지옥을 보여 주겠어!"

"지옥?"

"그래! 왜? 이제 겁나냐?"

"지금 보여 봐."

"뭐?"

"대갓집 개들도 자기들이 양반인 줄 안다더니, 네놈들이 딱 그 짝이네. 주인님 발가락 핥는 개들이 겁나 시끄럽게 짖어 대는구나."

영웅의 신랄한 말에 다들 얼굴이 시뻘겋게 변했다.

"이야, 충성심이 아주 대단하네? 이래도 참아? 병X들."

쾅-!

영웅의 도발에 셋 중 덩치가 가장 큰 놈이 책상을 손바닥으로 강하게 내려치며 큰 소리로 외쳤다.

"이 새끼가! 죽고 싶어?"

그 순간.

푹-.

이상한 소리와 함께 손등에 묵직한 느낌이 들었다.

마치 누군가가 망치로 손등을 후려친 기분이랄까?

덩치 큰 놈이 눈을 돌려 자신의 손을 바라보았다.

샤프펜슬이 자신의 손을 뚫고 책상에 박혀 있는 것이 보였다.

그제야 손에서 극심한 통증이 몰려오기 시작했다.

"끄아아악!"

움직일 때마다 고통이 심해졌다.

"민성아!"

덩치의 이름이 민성이인 모양이다.

주변 애들은 지금 이 상황에 크게 당황했는지 주춤거리며 서성일 뿐이었다.

"지옥이 뭔지 알아? 이제부터 알려 줄게."

"크으윽! 이 새끼가! 내가 반드시 죽여 버릴 거야!"

"재밌네. 그런데 너에게 과연 그럴 기회가 있을까?"

퍼억-.

말이 끝남과 동시에 민성이라 불린 덩치를 발로 차서 밀어 버리는 영웅이었다.

덩치가 밀려 나면서 박혀 있던 샤프펜슬에 손바닥이 찢어지며 둘로 갈라졌다.

"끄아아아악!"

엄청난 고통에 사방에 피를 뿌리며 뒹굴뒹굴하는 덩치. 반에 있던 아이들은 공포에 질린 얼굴로 일제히 자리에서 일어나 구석으로 이동했다.

영웅이 천천히 일어나 고통스러워하는 민성에게 다가가는 순간, 나머지 두 놈이 의자를 들고 달려들었다.

"이 새끼가! 죽여 버린다!"

영웅은 자신의 머리를 노리고 날아오는 의자를 가볍게

피하고 의자를 휘두른 놈의 복부에 주먹을 깊숙이 찔러 넣었다.

퍼억-.

"커헉!"

그와 동시에 돌려 차기로 반대편에서 달려오는 놈의 턱관절을 날렸다.

쩌억-.

"켁!"

쿠당탕탕-.

영웅의 발 차기에 교실 끝까지 날아간 놈은 턱이 박살 난 채 그 자리에서 기절해 버렸다.

깨어나도 평생 음식은 못 먹을 것이다.

씹을 수가 없을 테니까.

복부에 주먹이 꽂힌 놈은 숨이 제대로 쉬어지지 않는지 연신 숨을 쉬려고 노력하고 있었다.

"허억! 허어억!"

영웅은 숨을 겨우겨우 쉬는 놈의 얼굴을 잡고 뺨을 세차게 내려쳤다.

쩌억-.

단 한 방에 한쪽 뺨의 실핏줄들이 터져 빨갛게 변해 갔다.

하지만 한 대가 끝이 아니었다.

짜악- 짝- 짝-.

끝도 없이 때리기 시작했다.

볼이 터지고 피가 줄줄 흐르고 있는데도 영웅은 멈추지 않았다.

짝- 짝-.

그 광경 자체가 공포였다.

자신의 얼굴에 피가 튀어 흘러내리고 있는데도 뺨 때리는 것을 멈추지 않았다.

한쪽 얼굴이 완전히 너덜너덜해지고 나서야 뺨 때리기를 멈추고 구석 벽에다가 던져 버렸다.

그러고는 바닥에서 이 광경을 보며 자신의 찢어진 손을 붙잡고 있는 덩치에게 눈길을 돌렸다.

덩치는 영웅의 잔인한 모습에 기가 완전히 죽은 상태였다.

"아까 지옥을 보여 준다고 했었나?"

영웅이 덩치를 바라보며 웃는 얼굴로 물었다.

덩치가 고개를 마구 저었다.

"저런……. 방금 자신이 한 말도 잊은 거야? 내가 기억나게 해 줄게."

"아, 아니야! 오지 마! 저리 가!"

콰직-!

덩치는 믿을 수 없다는 눈으로 자신의 꺾인 정강이를 바라보았다.

"끄아아악!"

덩치의 목에서 엄청난 소리가 새어 나왔다.

제발 교실 밖 사람들이 들어 주길 바라며 악을 쓰며 비명을 질렀다.

이렇게까지 소리를 질렀는데 왜 오는 사람들이 없을까 하는 의문을 가지며.

문제는 정강이가 부러진 것은 시작이라는 점이었다.

"간만이네, 뼈 부러지는 소리는."

우두둑-.

"끄어억!"

"왜 사람들이 안 오는지 모르겠지? 저기 벽에 붙어 있는 애들 표정을 좀 볼래?"

하지만 덩치는 영웅의 말을 들을 정신이 없었다.

너무도 고통스러웠기 때문이다.

"이런, 사람이 말을 하면 들어야지."

우둑-.

발가락을 역으로 꺾었다.

"자, 내가 너를 살려 줄 것인지 아닌지 한번 알아볼까?"

발가락 하나를 더 꺾었다.

"살려 준다."

또 하나를 꺾었다.

"죽인다."

덩치의 비명과 발가락이 꺾이는 소리만 계속 들려왔다.

마지막 발가락을 꺾으며 영웅이 아쉬운 목소리로 말했다.

"살려 준다네. 에이, 아쉽다. 그치? 죽어야 이 고통이 끝나는데."

하지만 대답은 들려오지 않았다.

입에 거품을 물고 눈을 뒤집어 깐 채 기절한 탓이다.

"기절해? 누구 마음대로."

영웅은 곧바로 덩치의 머리에 손을 얹어 기운을 불어 넣었다.

그러자 덩치가 눈을 번쩍 떴다.

"잘 잤어? 이제 다시 시작해야지."

꿈일 거라 생각했는데 아니었다.

덩치가 눈물을 흘리며 외쳤다.

"미, 미안해! 내가 잘못했어! 사, 살려 줘! 제발!"

"살려 준다니까? 아! 기절해서 못 들었구나? 에이…… 그럼 처음부터 다시 해야지."

영웅이 덩치의 손을 잡았다.

그에 덩치가 극심한 공포를 느끼며 바지에 오줌을 지리기 시작했다.

하지만 아랑곳하지 않고 영웅은 덩치의 손가락을 꺾었다.

우두둑ㅡ.

"끄아아악!"

덩치가 다시 몸부림을 치기 시작했다.

그런 덩치에게 나긋나긋한 목소리로 무언가를 말해 주는 영웅이었다.

"걱정하지 마. 이제 기절할 일은 없을 거야. 내가 그렇게 만들어 놨으니까. 앞으로 다른 놈들은 기절 못 하게 조처를 하고 일을 시작해야겠어. 이래서 사전 점검이 필요한 거라니까? 안 그래?"

덩치는 영웅이 너무도 무서웠다.

고통도 고통이었지만 저 아무렇지 않은 얼굴이 더 큰 공포였다.

그보다 더 큰 의문은 이런 큰 소란이 일어났는데도 선생이나 그 누구 하나 교실로 들어오는 이가 없다는 사실이었다.

그런 덩치의 마음을 읽었는지 영웅이 피식 웃으며 말했다.

"왜? 선생이나 사람들이 안 들어와서 이상해?"

영웅의 말에 덩치가 움찔했다.

"신기한 거 알려 줄까? 저기 벽에 애들 보여? 움직임이 없는 거 같지 않아?"

그 말을 듣고 나서야 다른 아이들의 움직임을 확인하는 덩치였다.

그런데 뭔가 이상했다.

정말로 움직임이 없었다.

그냥 진짜 같은 사람 모형이 세워진 것 같았다.

"이, 이게 뭐야? 꾸, 꿈인가?"

덩치는 확신했다.

이건 꿈이라고.

"그, 그래! 이게 현실일 리가 없지! 꿈이었어! 깨야 해! 어서 이 악몽에서 깨어나야 해!"

짝―.

"아악!"

손바닥이 찢어지고 손가락이 부러진 사실을 망각하고 자신의 뺨을 때렸다가 훅 들어오는 고통에 다시 몸부림을 치는 덩치였다.

그러다가 깨달았다.

꿈인데 고통이 너무 생생했다.

'꿈이면 고통이 없어야 하는 거 아냐?'

이것이 꿈이 아니라 현실일 수도 있다는 생각이 들기 시작한 덩치였다.

그렇다면 지금 이 상황은 뭐란 말인가.

"자, 이제 마무리를 해 볼까?"

영웅이 덩치의 목을 잡으며 들어 올렸다.

"컥컥!"

덩치가 목을 조이는 영웅의 손을 붙잡고 버둥거렸다.

그런 덩치에게 영웅이 말했다.

"너는 저기 애들과 싸우다가 발을 헛디뎌서 떨어진 거야.

알았지?"

그러고는 냅다 창문을 향해 집어 던졌다.

와장창—.

창문이 깨지고 덩치가 2층 아래로 떨어지면서 멈춰 있던 사람들이 움직이기 시작했다.

"꺄아악!"

그제야 사방에서 소란이 일어났고 바깥 복도로 다른 반 학생들이 몰려왔다.

선생들도 다급하게 교실로 달려왔다.

그리고 교실 안에 펼쳐진 처참한 광경에 입을 벌렸다.

바닥에서 꿈틀거리는 두 학생의 모습은 당장 구급차를 불러야 할 정도로 위급해 보였다.

한 명은 턱이 박살 난 채 거품을 물고 기절해 있었고 또 하나는 한쪽 얼굴이 완전히 터져 형태를 알아볼 수 없을 지경이었다.

바닥은 피로 흥건했고 사방 여기저기에 책상들이 넘어가 있었다.

학생들은 다들 공포에 떨고 있었다.

"도대체 무슨 일이 있었던 거냐?"

선생은 곧바로 애들한테 자초지종을 물었다.

아이들의 대답은 한결같았다.

셋이 싸우다가 저리되었다고.

"셋이 이 지경이 될 때까지 싸웠다고? 그게 말이 돼?"

선생이 황당한 표정으로 주변을 둘러보았다.

그러나 교실 어디에도 아이들을 이 지경으로 만들 수 있는 학생이 없었다.

'하긴, 이 꼴통 새끼들만 보면 덜덜 떠는 애들이 무슨……'

그러다가 영웅과 눈을 마주쳤다.

선생은 곧바로 눈을 피했다.

그것을 본 영웅은 느꼈다.

'나를 보는 저 눈빛……. 저 선생은 이미 알고 있었군. 이 아이들에게 내가 괴롭힘을 당하고 있다는 사실을 말이야.'

선생이라는 인간이 제자가 학교 폭력을 당하는데 외면하고 있다니.

손봐 줘야 할 인간들이 너무 많았다.

'확실하게 정리해 둬야겠군.'

학교 옥상.

한 무리의 학생이 담배를 피우며 대화하고 있었다.

"그러니까 자기들끼리 싸우다가 그렇게 된 거라고?"

"어! 그 반 애들 하는 말이 다 똑같았다더라. 민성이 그 새낀 애들 말리다가 밀려서 떨어진 거 같고."

"미친놈들. 가서 적당히 겁이나 주고 오라니까 자기들끼리 싸우고 지랄이야."

"덕분에 지금 그 반은 경찰 출동하고 난리야."

"영민아, 오늘은 그냥 넘어가는 것이 어때? 학교 분위기도 뒤숭숭하고."

유영민.

사립 사해고등학교의 일진 서클 피닉스의 리더였다.

공부는 전교 1등에 싸움도 잘했다.

단순히 싸움만 잘하는 것이 아니었다.

그의 집안 자체도 엄청났다.

이 학교도 유영민의 집안에서 운영하는 재단 소유였다.

한마디로 이 학교에서 그를 건드릴 자는 아무도 없다는 것.

"괜찮아. 어차피 경찰들도 그냥 넘어갈 것이고. 그리고 오래간만에 장난감이 다시 등교했는데 이뻐해 줘야지. 그나저나 이놈들이 장소나 제대로 전해 주고 싸웠는지 모르겠네."

"아! 기억을 잃었다고 했었나? 내가 가서 다시 전해 주고 올까?"

"됐어. 가서 기다려 보면 알겠지."

유영민의 표정에는 장난기가 가득했다.

"기다려 보고 안 오면 집으로 직접 찾아가자."

"직접?"

"걔네 집으로 쳐들어가는 거야. 친한 친구인 척."

"오! 그거 재밌겠다!"

"들어 보니 누나도 있다던데. 집에 누나 혼자만 있었으면 좋겠네."

음흉한 눈빛으로 서로서로 바라보며 웃었다.

"그거 말고도 괴롭힐 방법은 아주 많아. 알아보니 그 자식 치료한다고 빚을 아주 많이 졌더라고. 그중에서 사채를 쓴 게 있는데 그 사채업자가 아주 독한 놈이야. 그 바닥에서 아주 유명하지. 그 사채업자를 이용해서 괴롭히는 방법도 있고. 그 아비가 하는 사업장을 망하게 만들어서 가족 전체를 길바닥에 나앉게 만들 수도 있지."

"그러지 말고 가족 전체를 우리 노예로 만들면 어떨까?"

"그거 재밌겠다!"

누군가의 의견에 유영민의 눈빛이 반짝였다.

"그것까진 생각해 보지 않았는데? 재밌겠네. 아예 걔네 집을 우리 아지트로 삼는 것도 괜찮겠네."

유영민이 혀를 날름거리며 입가에 미소를 지었다.

"일단…… 우리가 누군지 확실하게 재주입을 시키자. 그런 뒤에 찾아가야 더 재밌지. 그래야 협박도 먹힐 것이고."

다들 유영민의 의견에 동의한다는 듯 고개를 끄덕이며 즐거워했다.

도시 외곽에 있는 폐공장.

　이곳은 유영민 집안의 사유지였기에 아무도 안으로 들어올 수 없었다.

　피닉스 멤버들은 그곳에서 술을 마시며 영웅을 기다리고 있었다.

　"아무래도 전달을 안 했나 본데?"

　"올 시간이 한참 넘었는데 안 오네."

　"기억 안 나는 척하는 거 아냐? 그러면 우리가 자신을 놔줄까 싶어서 말이야."

　멤버들의 대화에 유영민이 피식 웃으며 말했다.

　"아니야. 아침에 본 눈빛은 나를 전혀 모르는 눈이었어. 기억을 잃었다는 것은 사실인 것 같다."

　유영민의 대답에 다들 고개를 끄덕였다.

　그가 그렇다면 그런 거니까.

　그때 철문이 요란하게 열리는 소리가 들려왔다.

　끼이이익-.

　피닉스 멤버들의 시선이 일제히 문 쪽으로 향했다.

　영웅이 태연한 얼굴로 주변을 두리번거리며 걸어 들어오고 있었다.

　"와, 여기 분위기 좋은데? 그보다 오는 길에 보니까 사람은커녕 개미 새끼 한 마리 안 보이던데? 이런 곳은 어떻게 찾았냐?"

마치 집 보러 온 사람처럼 너무나 여유롭게 공장 내부를 둘러보는 영웅의 모습에, 다들 황당한 표정을 지었다.

"와, 진짜네. 저건 연기가 아니네."

"신기하다. 기억 잃었다는 건 드라마에서만 봤는데 실제로 보네."

"그럼 드라마에서처럼 머리를 때리면 기억이 돌아오려나?"

"어? 그거 진짜 궁금했는데. 해 보자!"

다들 영웅이 하는 행동을 구경하며 떠들었다.

"여기까지 나를 왜 불렀냐? 택시비만 만 원이 넘게 나왔다. 이따가 줘라. 너희가 불러서 온 거니까."

영웅의 한마디 한마디에, 그곳에 있는 피닉스 멤버들이 배를 부여잡고 웃기 시작했다.

"푸하하하! 야, 이거 신선한 재민데?"

"진짜 재밌네! 이것도 나름 나쁘지 않은데?"

다들 영웅을 바라보며 정말로 재밌어하던 그때, 영웅이 또 한마디 했다.

"여기선 아무리 비명을 질러도 도와주러 올 사람이 전혀 없겠는데? 진짜 좋다."

"좋냐? 어쩌냐? 그 비명은 곧 네 입에서 나올 텐데? 뭐 하냐? 가서 잡아.”

　잡으라는 말에 영웅과 가장 가까운 곳에 있던 두 명이 그에게 다가가며 말했다.

　“뭐부터 해 줄까? 담배 빵으로 가슴에 하트를 만들어 줄까? 아니면 우리가 뱉은 침부터 핥게 해 줄까? 목마르면 소변 마실래? 말만 해. 처음이니까 가볍게 시작해 줄게.”

　“야야, 대갈통부터 때려 보기로 했잖아.”

　“아! 맞네.”

　둘은 즐거워 죽겠다는 표정으로 영웅에게 다가왔다.

　그 모습에 영웅이 피식 웃으며 말했다.

　“그거 가지고 되겠어? 내가 더 재밌는 것을 보여 줄게.”

　“뭐?”

　“이게 미쳤…….”

　콰직- 우두둑-.

　“끄어억!”

　“끄흑!”

　영웅을 붙잡으려고 손을 뻗는 순간 두 사람의 팔이 기형적으로 꺾였다.

　“구체 관절 인형 놀이. 재밌겠지? 오늘 신나게 놀아 보자.”

　빠각- 콰직-.

　영웅은 자신을 붙잡으러 온 두 놈의 관절을 이리저리 마구 꺾기 시작했다.

"끄아아아아악!"

"아아악! 그만! 그만! 그르륵."

순식간이었다.

두 사람의 팔과 다리가 서로 다른 방향으로 꺾였고, 그들은 고통을 참지 못하고 기절해 버렸다.

"뭐, 뭐야!"

"이 새끼가!"

또 다른 피닉스 멤버들이 영웅을 향해 달려갔다.

그들의 손에는 주머니칼이 들려 있었다.

"이 X발 새끼! 넌 오늘 뒤졌어!"

정말로 찌를 기세로 칼을 영웅의 복부 쪽으로 내질렀다.

빠악-.

"커헉!"

하지만 이내 안면에 느껴지는 묵직한 충격과 함께 날아가 버렸고, 같이 달려오던 다른 멤버들 역시 언제 맞았는지도 모른 채 뒤로 날아갔다.

쿠당탕탕-.

순식간에 세 명을 날려 버린 영웅의 모습에 피닉스 멤버들이 긴장한 표정을 지었다.

만화에서나 볼 법한 장면이 이들의 눈에 펼쳐지자, 이에 심각성을 느낀 나머지 멤버들이 뒷걸음질을 쳤다.

유영민이 당황한 표정으로 외쳤다.

"너 뭐야? 누구야?"

"나? 강영웅. 너희가 그렇게 괴롭히던 강영웅이지."

"아, 아니야. 너는 강영웅 아니야."

"뭐 마음대로 생각해. 자, 이제 다시 시작할까?"

"막아! 저 새끼 막으라고!"

유영민은 다른 멤버들에게 소리치고는 재빨리 휴대폰을 꺼내 들었다.

그 모습을 본 영웅이 피식 웃으며 말했다.

"안 되지, 안 돼. 아직 밤이 긴데 말이야. 벌써 방해꾼을 부르려고 하네."

파앗-.

"헉! 사, 사라졌어!"

"어, 어디로?"

피닉스 멤버들은 갑자기 사라진 영웅을 찾아 주변을 둘러보았다.

"끄아악!"

그때 유영민의 비명이 들렸다.

고개를 돌려 보니 그의 오른손이 기역으로 꺾인 채 영웅의 손에 잡혀 있었다.

영웅은 바닥에 떨어진 유영민의 핸드폰을 발로 짓밟아 부숴 버렸다.

"지금부터 핸드폰 꺼내는 놈은 특별히 더한 고통을 줄 거야. 명심해."

그리고 유영민의 귀에 대고 나직하게 속삭였다.

"너는 이따가 놀아 줄게. 특별 대우거든."

영웅의 속삭임과 동시에 깊은 잠에 빠진 유영민이었다.

"영민아!"

"이 새끼 영민이한테 무슨 짓을 한 거야!"

"잡아! 나중에 영민이한테 뒈지고 싶지 않으면!"

"으아아악!"

피닉스 멤버들이 공포에 질린 표정으로 영웅에게 달려들었다.

"오! 예상외로 충성심이 강하네? 아니, 그만큼 이놈을 무서워하는 건가?"

빠악- 쩌억- 콰직-!

영웅은 자신을 향해 달려오는 피닉스 멤버들을 여유롭게 박살 내며 산책하듯이 움직였다.

순식간에 자신을 향해 달려오는 피닉스 멤버 전체를 제압한 영웅이 바닥에서 꿈틀거리는 그들을 향해 말했다.

"자, 이제 본격적으로 시작해 볼까?"

피닉스 멤버들은 그때 깨달았다.

장난감은 영웅이 아니라 자신들이었음을 말이다.

영웅이 자신들을 향해 움직이자 다들 고통도 잊은 채 움찔했다.

그때 영웅이 뭔가를 깜박했다는 표정을 지으며 잠이 든 유영민에게 달려갔다.

"깜박했네. 진짜는 지금부터인데."

그곳에 있는 모든 이들이 다 들을 수 있도록 중얼거린 후에, 잠이 든 유영민을 밧줄로 꽁꽁 묶더니 깨우기 시작하는 영웅이었었다.

짜악– 짝– 짝–!

"커헉!"

뺨 몇 대에 정신을 차린 유영민이 어리둥절한 표정으로 영웅을 바라보았다.

"깼어? 이제부터 쇼가 시작되는데 관객이 잠들어 있으면 안 되지."

영웅의 말에 정신이 들었는지 유영민이 외쳤다.

"이, 이 새끼! 내, 내가 누군지 알아? 이거 안 풀어? 풀어! 으윽! 내, 내 팔! 아악!"

악다구니를 쓰며 몸부림을 치다가 아까 영웅에게 맞아 부러진 팔에서 올라오는 고통에 비명을 지르는 유영민이었다.

그 모습에 만족스러운 미소를 지으며 품속에서 노트 한 권을 꺼내는 영웅.

"자, 이게 뭘까?"

아무도 대답하는 이가 없었다.

"너희가 과거의 나에게 저질렀던 일들이 상세하게 적힌 일기장이지. 지금부터 너희가 나에게 했던 것들을 하나하나 재연해 볼까 하는데. 재밌겠지?"

정말로 즐거운 듯 환한 미소를 짓는 영웅의 모습에 다들 소름이 돋는 경험을 했다.

"우, 우리를 거, 건드리면 너도 무사하지 못할걸! 여, 영민이 집안에 대해서도 기억을 잃은 모양인데 너 지금 아주 큰 실수를 하는 거야."

"맞아! 지, 지금이라도 검색해 봐! 사해 그룹! 영민이는 사해 그룹의 막내아들이야! 너와 네 가족은 이제 끝이라고!"

피닉스 멤버들의 외침에 용기를 얻었는지 유영민의 목소리가 들려왔다.

"그래! 인제 보니 왜 이리 간덩이가 부었나 했더니 우리 집안이 어떤 집안인지도 까먹은 거구나! 넌 뒈졌어! 내가 가만둘 것 같아?"

유영민의 악다구니에 영웅이 피식 웃으며 말했다.

"나는 너희를 살려 준다는 말을 안 했는데……. 왜 다들 살아서 나갈 것처럼 말하지?"

"뭐?"

"다 죽이고…… 나는 몰래 빠져나가면 그만 아냐? 어차피 여긴 CCTV도 없고 인적도 없는데. 안 그래?"

"너, 너 태, 택시 타고 왔잖아! 조사하면 다 나와!"

"아, 그거. 거짓말이야. 뛰어왔어. 그것도 사람들 없는 으슥한 곳으로만. 아무도 내가 여기 온지 몰라. 어때?"

"그, 그런…….."

다들 무언가 잘못돼도 크게 잘못되고 있다는 것을 깨달은 눈치였다.

"아, 아냐! 나, 나는 죽고 싶지 않아!"

다리가 멀쩡한 한 명이 자리에서 벌떡 일어나 문 쪽으로 뛰기 시작했다.

철컹- 철컹-!

하지만 굳게 닫힌 문은 열리지 않았다.

당연히 영웅이 도망가지 못하도록 자물쇠를 걸어 둔 탓이었다.

그때 어느새 문 옆으로 다가온 영웅이 겁에 잔뜩 질린 그의 다리를 걸어 바닥에 눕혔다.

그리고 그 자리에서 팔과 다리의 뼈를 모조리 박살 내 버렸다.

빠각- 빠가각-.

"끄아아아악!"

폐부 깊숙한 곳에서 올라오는 비명은 사람의 오금을 저리게 만들었다.

"이제부터 도주를 시도하는 놈은 다 이렇게 될 거야."

공포가 깃든 표정을 본 영웅이 그제야 만족한 표정으로 말했다.

"자, 이제부터 쇼 타임이다."

———

사해 그룹 회장실.

"뭐? 그게 무슨 말이야? 영민이가 사경을 헤매고 있다니?"

"오, 온몸에 지독한 상처를 입은 채 주, 중환자실에 누워 있다고 합니다."

"왜? 뭐 때문에?"

"누, 누군가에게 고, 고문을 당한 것 같습니다."

"뭐? 뭘 당해?"

"고, 고문 말입니다."

사해 그룹 회장 유호구가 잠시 멍한 표정으로 비서를 바라보았다.

그러다가 이내 일그러진 얼굴로 말했다.

"어떤 새끼가 감히 내 아들을…… 당장 그 새끼 찾아!"

"안 그래도 지금 총력으로 찾는 중입니다."

"일단 병원으로 가지!"

"혀, 현재 면회가 금지되어 있습니다."

짜악-.

비서의 뺨을 강하게 때리며 회장의 호통이 이어졌다.

"이 새끼야! 너는 뭐 했어! 영민이가 저 지경이 될 때까지 뭐 했냐고! 내가 항시 경호 인력을 붙여 두라고 말했어, 안 했어? 어?"

"죄송합니다. 도련님께서 경호원들이 따라다니는 것을 극도로 싫어하셔서……. 거기에 폐공장에는 도련님을 따르는 아이들이 많이 있기에 크게 걱정하지 않았습니다."

"도대체 무엇 때문에 그 폐창고에 간 거냐?"

"그곳은 도련님이 취미 생활을 하는 장소입니다."

"취미 생활?"

"노, 놀잇감을 폐공장으로 데려가 가지고 노는 것을 말합니다."

유영민의 취미 생활을 들은 유호구 회장은 아무 말 하지 않았다.

자신도 스트레스를 받으면 종종 그렇게 하니까.

이렇듯 자신을 쏙 빼닮은 아들이었다.

그래서 더 이뻐했는데 그 이쁜 아들이 지금 병원에서 사경을 헤매고 있다니.

"찾아……. 아니…… 영민이가 평소에 가지고 놀던 애들 모조리 잡아 와. 그놈들 중 하나가 분명해."

분명 원한을 가진 놈이 저지른 일일 것이다.

그렇다면 가장 유력한 용의자들은 영민이의 장난감들일

것이다.

"최근엔 공부하신다고 한 명만 가지고 노셨습니다. 강영웅. 그 학생입니다."

"그놈을 조사해."

"알겠습니다."

"그리고 학교 CCTV 전부 확인해. 분명 뭔가 이상한 점이 있을 거야."

"네!"

"그리고 일단 장난감, 그 집안부터 완전히 무너뜨려 놔. 내가 짜증이 나서 안 되겠어."

회장은 단순히 분풀이로 강영웅이라는 학생의 집안을 풍비박산 낼 생각이었다.

후에 절대로 그런 짓을 해선 안 됐었다는 것을 뒤늦게 깨닫지만, 때는 늦은 후였다.

로또가 당첨되고 기쁨의 함성이 가득했던 집에 다시 수심이 들어섰다.

그 모습을 본 영웅이 강백현에게 물었다.

"아버지, 왜 그러세요? 무슨 일 있으세요?"

"좋은 일이 오면 나쁜 일도 같이 온다더니……. 내가 딱 그 상황이구나."

"왜요? 무슨 안 좋은 일이라도?"

"아니다. 괜히 너에게 쓸데없는 말을 했구나. 신경 쓰지 않아도 된단다."

강백현이 자리에서 일어나 영웅을 피해 밖으로 나갔다.

'아버지의 생각을 읽고 싶지는 않았는데……. 어쩔 수 없군. 이번은 특별한 경우니까…….'

아버지의 행동이 신경 쓰였던 영웅은 부모님의 생각을 읽지 않겠다는 다짐을 깨고 곧바로 강백현의 생각을 읽었다.

'하아, 갑자기 왜 모든 거래처에서 거래를 끊겠다고 하는 거지? 이유를 알 수가 없구나.'

강백현의 생각을 읽은 영웅은 대번에 이 일의 주동자가 누구인지 깨달았다.

'유영민의 아빠가 지시했겠군.'

거기다가 고민은 그거 하나가 아니었다.

'사채업자들은 도대체 왜 나를 피해 다니는 거지? 이자가 더 붙기 전에 어서 돈을 갚아야 하는데.'

빚을 갚기 위해 사채업자를 찾았는데 그들이 강백현을 피해 다니는 모양이었다.

악질적인 사채업자들이 주로 쓰는 수법으로, 빚을 갚기 위해 온 자들을 일부러 피해 이자를 늘리는 것이었다.

영웅의 입가에 섬뜩한 미소가 지어졌다.

'이 새끼들이……. 풍백! 아버지에게 돈을 빌려준 놈들 찾아내.'

'충!'

쾅–!

"도대체 어찌 된 거야? 그놈 집안을 망하게 만들랬더니 오히려 성장하게 만들어? 사채업자들은 어찌 됐어? 일이 이 지경이 되었으면 나서서 자금을 회수해서 회사를 휘청거리게 만들어야 할 거 아니야!"

"그, 그게 그자에게 돈을 빌려줬던 사채업자들이 전부 실종되었고 그 사무실은 불타 흔적도 없이 사라지는 통에……."

"뭐? 그게 무슨 말……."

사해 그룹 유 회장의 말이 끝나기도 전에 다른 직원이 다급하게 달려왔다.

"회, 회장님! 크, 큰일입니다! 비자금 장부가 세상에 공개되었습니다!"

"그게 무슨 개소리야! 우리 집 지하 금고에 있어야 할 것이 왜 세상에 공개가 돼!"

"모, 모르겠습니다! 지, 지금 모든 언론사에서 그것만 다

루고 있습니다!"

"그게 무슨 말이야! 그걸 보도하면 같이 죽자는 소리잖아! 자기들도 포함되었다는 사실을 모르지 않을 텐데?"

"사, 사과 방송까지 하면서 보도하고 있습니다!"

"뭐?"

"자신들 역시 비자금을 받았다며 그에 대해서 사과 방송과 함께, 사과의 의미로 집중 보도를 하고 있단 말입니다!"

직원의 말에 회장이 멍한 얼굴을 하고 있다가 이내 정신을 차리고는 서둘러 나섰다.

"지, 집으로 간다. 지금 당장."

"네!"

서둘러 집으로 달려간 회장은 곧바로 지하에 있는 자신의 비밀 금고로 이동했다.

"이, 이럴 수가."

비밀 금고는 수백 평이 넘는 크기였는데 그 안이 텅 비어 있었다.

"도, 돈이랑 금괴……. 다 어디 갔어?"

수천억에 달하는 자금들이 모조리 사라진 것이다.

그때 금고 한쪽에 뚫려 있는 구멍을 발견했다.

"이, 이곳을 통해 들어온 것 같습니다."

털썩-.

커다란 구멍을 본 유 회장은 그제야 지금 이것이 현실임을 깨닫고는 자리에 주저앉았다.

그러다가 지금 이러고 있을 때가 아님을 깨닫고는 다시 일어서며 비서에게 명령했다.

"이, 일단 급한 불부터 꺼야 하니까 비밀 계좌에서 돈을 좀 융통해야겠다."

"알겠습니다. 얼마나 준비할까요?"

"하아……. 뿌려야 할 곳이 많으니 넉넉하게 천억 정도 준비해."

"알겠습니다."

비서가 곧바로 핸드폰을 꺼내 어딘가로 전화를 걸었고 이내 심각한 표정이 되었다.

그 표정을 본 유 회장은 뭔가 불길함을 느꼈는지 다급하게 물었다.

"뭐, 뭐야? 비밀 계좌에 문제가 생긴 것은 아니지? 그렇지?"

유 회장은 제발 아니기를 바라며 물었지만, 돌아오는 답변은 그의 기대를 저버렸다.

"회, 회장님……. 비밀 계좌에 있던 자금이 모두 인출되었다고 합니다."

그 말을 들은 유 회장의 움직임이 그 자리에서 멈췄다.

안 좋은 소식은 그것이 끝이 아니었다.

뒤이어 들어오는 소식들은 전부 유 회장에게 치명적인 소식들이었다.

"주, 주식이 폭락하고 있습니다!"

주식은 예상했다.

하지만 뒤이어 들어오는 소식들은 전혀 예상 못 했던 것들이었다.

사해 그룹에 비자금을 받았던 사람들이 자수하기 시작한 것이다.

그러면서 받았던 비자금뿐만 아니라 자신들의 재산을 사회에 환원하고 죗값을 치르겠다며 나선 것이다.

그것으로 끝이 아니었다.

자신이 갑질하는 동영상부터 시작해서 사람을 폭행하는 동영상까지 인터넷에 뿌려진 것.

특히, 하청업체 사장들을 불러 모두 엎드리게 하고 야구방망이로 엉덩이를 때리는 영상은 모든 사람의 공분을 샀다.

거기에 여자들을 성추행하거나 강제로 범하는 영상까지 뿌려졌다.

유 회장은 미치고 환장할 노릇이었다.

도대체 누가, 언제 저것을 찍었단 말인가.

마치 신이 자신을 가지고 노는 것 같은 기분이 들었다.

결국 목덜미를 부여잡은 유 회장은 바닥에 쓰러지고 말았다.

사해 그룹이 운영하는 병원 특실에 입원한 유 회장은 정신을 차리고 뉴스를 보고 있었다.

　연신 자신과 사해 그룹을 비판하는 뉴스만 흘러나오고 있었다.

　"TV 꺼!"

　더는 듣기 싫었는지 신경질적으로 외치고는 다시 침상에 누우려 했다.

　그런데 TV에서는 계속 소리가 흘러나왔다.

　"TV 끄라는 소리 안 들려?"

　유 회장이 다시 버럭 했다.

　그런데 비서의 상태가 이상했다.

　자신을 무섭게 노려보고 있는 것이 아닌가.

　"너, 너 그 눈빛 뭐야? 다, 당장 눈깔 안 돌려?"

　"네가 저지른 일들인데 끝까지 봐야지."

　"뭐? 너 지금 미쳤어?"

　"내가 아직도 네 비서로 보이냐?"

　비서의 말에 유 회장이 흠칫하는 표정을 지었다.

　"바, 밖에 누구 없느냐! 이, 이놈이 미쳤다! 당장 끌고 가!"

　고래고래 외쳤는데도 아무런 반응이 없었다.

　"뭐, 뭐야?"

뭔가 이상함을 느낀 유 회장이 다시 고개를 들어 비서를 바라보았다.

"헉!"

그곳엔 비서가 아닌 다른 사람이 서 있었다.

"너, 너는 누구냐? 부, 분명 조, 조금 전까지 기, 김 비서였는데?"

"나? 강영웅이라고 한다."

"강영웅? 서, 설마……. 내 아들을 그렇게 만든 강영웅?"

"어? 내가 그렇게 했다는 것을 어찌 알았지?"

"여, 역시 네놈이었구나! 으윽!"

유 회장이 흥분하며 강영웅에게 달려들려 하다가 이내 고통스러워했다.

절대 안정을 취해야 하는데 흥분하는 바람에 다시 고통이 찾아온 것이다.

"이런, 이런. 안정을 취해야지. 그렇게 흥분하면 오래 못 살아."

"으드득! 이, 이놈! 내가 네놈을 가만둘 것 같으냐!"

"가만 안 두면?"

"네놈뿐 아니라 네놈 가족들까지 모조리 죽여 버릴 것이다!"

유 회장의 악다구니에 강영웅이 혀를 찼다.

"쯧쯧. 반성하고 잘못했다고 빌었으면 그래도 봐줄까 하고 왔는데⋯⋯. 넌 안 되겠다. 오늘 나랑 좀 놀자."

"닥쳐라!"

유 회장은 곧바로 비상벨을 마구 눌러 댔다.

"이제 곧 사람들이 몰려올 것이고 나는 네놈이 나를 죽이려 했다고 할 것이다! 네놈은 이제 끝났어!"

"그래? 그럼 사람들이 몰려올 때까지만 놀지 뭐."

"뭐?"

푸욱-.

유 회장은 갑자기 허벅지에서 느껴지는 묵직한 느낌에 고개를 돌려 그곳을 바라보았다.

거기엔 칼 한 자루가 깊숙이 꽂혀 있었다.

"끄아악!"

칼이 꽂힌 것을 인식하자마자 무지막지한 고통이 밀려왔다.

미친놈이었다.

이렇게 아무렇지도 않게 칼을 꽂을 줄이야.

유 회장은 아무래도 자신이 미친놈을 잘못 건드렸다고 생각하고 그를 설득하기 시작했다.

"내, 내가 자, 잘못했네! 그, 그러니 그, 그만⋯⋯. *끄아아악!*"

영웅은 허벅지에 꽂은 칼을 뽑더니 이내 다른 쪽 허벅지에 꽂았다.

"상처도 안 났는데 엄살은."

이게 무슨 소리란 말인가.

칼이 허벅지를 찔렀는데 상처가 없을 리가 있나.

유 회장이 핏발 선 눈으로 허벅지를 바라보았다.

피가 철철 넘쳐야 할 허벅지는 정말로 상처 하나 없이 멀쩡했다.

그런데 멀쩡한 허벅지에서 느껴지는 고통은 여전했다.

귀신에 홀린 기분이었다.

게다가 비상벨을 눌렀는데 사람들이 올 생각을 안 한다.

"왜? 사람들이 안 와?"

씩 웃으며 웃는 강영웅의 모습에 유 회장의 동공이 마구 떨리기 시작했다.

"아직 본격적으로 시작도 안 했는데 엄살은……. 자, 너도 느껴 봐야지. 그동안 너에게 당했던 사람들의 고통을 말이야."

"아, 안 돼……."

["사해병원에 입원해 있던 사해 그룹 유호구 회장이 정신착란을 일으키며 난리를 부리고 있다는 소식입니다."]

뉴스에서는 연신 유 회장이 미쳤다는 보도를 내보내고 있었다.

영웅은 뉴스를 들으며 원래 있던 영웅의 일기장을 다시 읽었다.

그의 일생을 괴롭히던 것들은 모조리 정리한 상태였다.

이제 남은 건 그의 꿈을 실현해 주는 것.

아니, 나중에 영혼이 다시 돌아오면 그 꿈에 도전하게 만들어 주는 것이 목표였다.

'검사가 꿈이라……'

복수가 목적인 줄 알았는데 아니었다.

그저 자신처럼 당하는 이들을 위해 싸우는 정의로운 검사가 되고 싶다고 적혀 있었다.

영웅의 입가에 미소가 지어졌다.

검사가 되기 위해선 당장 성적부터 올려야 했다.

-영혼을 찾았습니다.

그때, 이 몸의 진짜 영혼을 찾았다는 소식이 들어왔다.

-그거 잘되었군. 데려와.

-충!

이제 영혼이 오기 전까지 모든 지식을 머릿속에 집어넣어 놔야 했다.

이것이 다시 돌아올 영혼에게 주는 선물이었다.

'그러고 보니 처음이군……. 또 다른 내가 세상에 온전히

남겨지는 것은.'

영웅은 가족과 헤어져야 한다는 생각에 잠시 슬픈 얼굴을 지었지만, 이내 고개를 저었다.

이곳에 있어야 할 사람은 자신이 아니었다.

'잠시였지만 즐거웠다.'

옛 추억을 떠올리던 영웅은 살짝 미소를 지었다.

마음의 정리가 끝난 것이다.

다시 책으로 시선을 돌린 영웅은 이내 빠른 속도로 책장을 넘기며 그 안에 있는 내용들을 머리에 집어넣기 시작했다.

"어? 뭐지? 왜 이것들을 내가 알고 있는 거지?"

영혼이 돌아온 영웅은 연신 고개를 갸웃거리며 공부를 하고 있었다.

뭔가에 홀린 듯한 표정으로 계속 공부를 하는 그의 모습을 지켜보는 이들.

바로 영웅과 풍백이었다.

"또 다른 나를 이렇게 보고 있으니 기분이 이상하네. 처음이야."

"이제 모든 것이 안정을 되찾았기 때문입니다."

"그래, 다행이야."

영웅은 공부에 집중하는 또 다른 자신을 잠시 바라보다가 거실 쪽으로 고개를 돌렸다.

자신의 가족들을 바라보던 영웅은 미소 지으며 중얼거렸다.

"이제 보내 줘야겠지? 이곳은 더는 내 공간이 아니니까."

"폐하."

영웅은 조용히 손을 들어 가족들에게 신성 기운을 심어 주었다.

이제 이들은 평생 병이라는 것을 모르고 살 것이며 인간의 수명을 뛰어넘어 오랫동안 장수할 것이다.

"이들이 부족함 없이 살 수 있도록 신경을 좀 써 줘."

"알겠사옵니다. 저들에게 행운의 가호를 불어 넣어 두겠습니다."

"그래."

그리 말하고는 주변을 둘러보았다.

이내 영웅은 조용히 그곳을 빠져나왔다.

"자, 이제 내 진짜 집에 가 볼까."

그들이 보고 싶었다.

차원 이동을 하고 처음으로 만나 연을 맺은 한지우.

그리고 언제나 자신의 곁을 지켜 주던 천민우와 연준혁.

자신만을 바라보며 졸졸 따라다니는 아더.

그밖에 차원 이동을 하면서 만났던 수많은 사람과 인연들.

　영웅은 활짝 미소를 지었다.

　자신들에게는 이렇게나 많은 가족이 있었다.

　언제나 홀로 외로이 지내 왔던 과거는 더는 존재하지 않았다.

　"가자! 내 가족들이 있는 곳으로!"

　눈앞에 유난히 찬란하게 빛나는 웜홀을 바라보며 영웅은 행복하게 미소 지었다.

　마치 자신의 앞날을 보여 주는 것 같아서.

평행세계 속의 먼치킨 마칩니다

송장벌레 신무협 장편소설

귀신같은 창귀槍鬼가 돌아왔다,
때 묻지 않은 어린 시절의 몸으로!

피로 몸을 씻던 전장의 말단 독종
구르고 굴러 지고의 경지까지 올랐으나……

혈교의 혈겁을 막기 위한 회귀인가
의형제의 복수를 위한 회귀인가
알 수 없다
전생에서 그를 막던 모든 것을 치울 뿐

"내 의형의 가슴팍을 칼로 도려내기도 했고?"
"무, 무슨 소리야…… 그런 적 없어!"
"그런 적 있어. 기억은 안 나겠지만."

매 걸음마다 피도 눈물도 없는 전투
세상 모든 것이 그를 꺾으려 든다!

꿈의 도약, 로크에서 하십시오
(주)로크미디어에서 신인 작가를 모십니다

즐거운 세상, 로크미디어는 꿈을 사랑하고 도전을 두려워하지 않는 작가 분들의 참신한 작품을 기다리고 있습니다. 21세기 장르 문학계를 이끌어 갈 차세대 선두 주자 (주)로크미디어에서 여러분의 나래를 활짝 펴 보시길 바랍니다.

모집 분야 판타지와 무협을 포함한 장르 문학
모집 대상 아마추어 작가, 인터넷 작가
모집 기한 수시 모집

작품 접수 시 유의 사항

1. 파일명은 작가명_작품명.hwp형식을 갖춰 주십시오.
1. 파일에 들어갈 내용은 다음과 같습니다.
   - 성명(필명인 경우 실명을 밝혀 주세요), 연락처, 이메일 주소
   - 제목, 기획 의도
   - A4용지 1장 분량의 등장인물 소개
   - A4용지 2장 분량의 전체 줄거리
   - 본문
1. 작품이 인터넷에 연재되고 있다면, 게시판명과 사이트의 구체적이고 정확한 주소를 기재해 주십시오.

선택된 작품은 정식 계약 후 출판물로 간행되어 전국 서점에 유통됩니다.
작가 분은 (주)로크미디어의 전폭적인 지원하에 전속 작가로 활동하시게 됩니다.
※ 자세한 내용은 로크미디어 홈페이지(rokmedia.com)를 참조하세요.

(04167)서울시 마포구 마포대로 45 일진빌딩 6층
(주)로크미디어 편집부 신간 기획 담당자 앞
전화 : 02) 3273-5135
www.rokmedia.com   이메일 : rokmedia@empas.com